世界神话与传说丛书

RUSSIAN
MYTHS & LEGENDS

俄罗斯神话与传说

【英】撒拉弗·普尔曼 编著
【英】阿瑟·奥古斯都·狄克逊 绘

中央编译出版社
CCTP Central Compilation & Translation Press

图书在版编目(CIP)数据

世界神话与传说.俄罗斯神话与传说/(英)撒拉弗·普尔曼编著；王建译.—北京：中央编译出版社，2023.3
ISBN 978-7-5117-4137-0

Ⅰ.①世… Ⅱ.①撒…②王… Ⅲ.①神话—作品集—俄罗斯 Ⅳ.①I17

中国国家版本馆 CIP 数据核字 (2023) 第 037127 号

世界神话与传说.俄罗斯神话与传说

选题策划	张远航
责任编辑	赵可佳
责任印制	刘　慧
出版发行	中央编译出版社
地　　址	北京市海淀区北四环西路 69 号（100080）
电　　话	（010）55627391（总编室）　（010）55627362（编辑室）
	（010）55627320（发行部）　（010）55627377（新技术部）
经　　销	全国新华书店
印　　刷	北京雅昌艺术印刷有限公司
开　　本	670 毫米 × 889 毫米 1/16
字　　数	103 千字
印　　张	12
版　　次	2023 年 3 月第 1 版
印　　次	2023 年 3 月第 1 次印刷
定　　价	406.00 元（全 7 册）

新浪微博：@中央编译出版社　　　微　信：中央编译出版社（ID：cctphome）
淘宝店铺：中央编译出版社直销店（http://shop108367160.taobao.com）（010）55627331

本社常年法律顾问：北京市吴栾赵阎律师事务所律师　闫军　梁勤
凡有印装质量问题，本社负责调换，电话：（010）55626985

序　言

　　俄罗斯最早的书籍刊印于1564年。在这之前久远的时代里，伟大的诗歌和散文文学，都是由传教士们手写记录、口口相传的。

　　正如东西结合、欧亚融汇的俄罗斯语，俄罗斯文学也同样丰富多彩且掷地有声。

　　自1564年以来，俄罗斯在诗歌、散文、科学著作和幻想作品方面百花齐放，还出现了两位近代最伟大的作家：果戈理和列夫·托尔斯泰。

　　本书记录的是传说和童话故事，就像这个伟大的国家其他优秀的作品一样，它们充满了美好、趣味和奇思妙想。

　　本书所记录的故事经过精挑细选，用引人入胜的讲述方式为那些钟爱阅读魔幻奇妙故事的年轻人提供了一场愉快的盛宴。

埃里克·弗里登堡

目　录

伊凡王子、发光鸟和灰狼	001
金属人与多头蛇	017
从来不笑的公主	031
美丽的瓦西丽莎	039
傻瓜杰米利亚	056
冰霜	069
生命水、唱歌树与说话鸟	080
金鱼	090
伊凡与神奇马	101
富翁库兹马	116
灰鸭公主	128
魔镜	138
黄金城	151
金银铜三国	167

伊凡王子、发光鸟和灰狼

从前,有一个名叫维斯拉夫·安德罗诺维奇的沙皇,他是大国国王安德罗诺的儿子。他有三个儿子:德米特里王子、瓦西里王子和伊凡王子。沙皇拥有一个独一无二的花园,里面长满了珍贵的树木,树上的叶子都是真金白银,结的不是果实而是宝石。沙皇最喜爱其中一棵苹果树,这棵树结满了纯金的小苹果,而小苹果的果核竟然是珍珠。一天,沙皇忽然发现这棵苹果树上的金苹果一天比一天少,并很快发现有一只鸟每天晚上都飞到花园摘走一些苹果。这只鸟长着一身金色羽毛,还有东方水晶一样的眼睛。维斯拉夫·安德罗诺维奇沙皇又气愤又伤心,于是把三个儿子叫到跟前,对他们说:"我亲爱的孩子们!谁能把这只发光鸟给我抓住?第一个活捉它的人,在我活着的时候将得到我一半的国土,我死后整个国家都是他的。"

他的三个儿子齐声说道:"伟大的父亲陛下!我们非常乐意为您效劳,活捉那只发光鸟,让您不再忧愁。"

第一天夜里,德米特里王子去抓鸟。他坐在金苹果树下,静静地等待了很久,但是那只鸟一直没有出现。王子越来越困,最后睡着了。就在德米特里王子熟睡的时候,发光鸟飞到花园带着几个金苹果飞走了。第二天早上,沙皇问德米特里王子:"亲爱的儿子,昨晚看到发光鸟了吗?"

"没有啊,父皇陛下,那只鸟昨晚根本没来。"

第二天夜里,瓦西里王子去花园守候。他也坐在金苹果树下,静静观望了一个小时、两个小时、三个小时……最后终于睡去了。他睡得太沉了,竟然一点儿都没听到发光鸟飞来并摘走了几个苹果。他也告诉沙皇,那晚发光鸟根本没有来。可是沙皇早上数苹果时,发现又少了许多,知道事情并非如此。

第三天夜里,轮到沙皇的小儿子伊凡王子去抓鸟了。他坐在苹果树下等待着,一个小时、两个小时、三个小时……忽然,整座花园明亮起来,如同很多盏灯同时点燃。发光鸟飞来了,它正停在树上摘苹果。伊凡悄悄地爬上去,一把抓住了鸟儿闪亮的长尾巴。可是鸟儿

用力挣脱，飞到了空中，只在勇敢的王子手里留下一根发光的羽毛。第二天一早，沙皇刚刚睡醒，伊凡王子就来到他的房间，把发光鸟那根漂亮的羽毛交给了他。维斯拉夫·安德罗诺维奇沙皇非常高兴，因为他的小儿子至少成功拿到了鸟尾的羽毛。而且，这根羽毛真的让人惊叹：它太闪耀了，在漆黑的房间里闪闪发光，就像同时点燃了几千根蜡烛。随后，羽毛被珍藏起来，而发光鸟却再也没有来过花园。

沙皇再一次把三个儿子叫到跟前，说："我亲爱的孩子们，送给你们我的祝福，快去找到那只神奇的鸟，把它活捉回来，我将兑现我之前的承诺。"

德米特里和瓦西里对他们的弟弟心生嫉妒，因为伊凡拿到了发光鸟的美丽羽毛，所以他们决定不带弟弟去找鸟。

伊凡王子只能独自出发，他骑着马儿跋山涉水，最后到达了一片开阔的草场。草场中央立着一个标杆，上面钉着三个箭头，分别指向三条路，箭头上写着三句话：

"在这儿骑马径直前进的人，将饥寒交迫；

在这儿骑马向左的人，会安然无恙，但是马儿会死去；

选择右边这条路的人，将被杀死，而他的马儿会毫发无损。"

伊凡王子对这三句话进行了仔细斟酌，最终决定向左走。他

想，即使马儿被杀，只要他活着，后面的路他可以再找另外的马匹。于是他骑马在这条路上走了一天、两天、三天，突然一只巨大的灰狼跑出来挡在了他的面前，对他说："年轻的伊凡王子，您一定读了标杆上的提示吧！那么您的马儿就活不成了，您为什么要选择这条路呢？"

说完灰狼便把那匹骏马撕成了碎片，跑掉了。

伊凡王子失去了他的马儿，非常伤心。他徒步走了一整天，最后实在太累了，准备坐在草地上歇一会儿。这时灰狼又出现了，跑过来对他说："对不起，伊凡王子，因为我吃掉了您的马儿，才让您走得如此疲惫不堪！请坐上我的后背，您想去哪里我带你去。"

伊凡王子告诉了灰狼他的任务，灰狼飞快地跑起来，夜里就到达了一堵高高的石墙前面。

"好了，伊凡王子，"灰狼说，"爬过这堵高墙，对面是一座花园，发光鸟就关在花园里的一个金笼子里。千万记住，您可以抓走鸟儿，但是不要拿走鸟笼，否则您会被抓住。"

伊凡按照灰狼的话去做了。但当他抓住鸟儿，准备翻过高墙回去时，转头又看到了那个金笼子。它实在太漂亮了，他忍不住想把笼子一起带走。伊凡王子的手刚碰到笼子，就听见一阵巨大的噪音，原

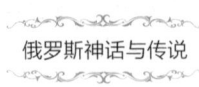

来笼子上系着很多特殊的绳子和铁丝。守卫惊醒,飞奔到花园里,当场抓住了正打算偷鸟笼的伊凡。可怜的伊凡王子被带到愤怒的多尔玛特国王面前,国王大声质问他:"你年纪轻轻,为什么要干偷盗的勾当?你是谁,来自哪个国家,你父亲是谁?"

"我是维斯拉夫·安德罗诺维奇沙皇的小儿子伊凡王子,"他回答道,"这只发光鸟跑到我们的花园偷走了许多贵重的果实,我必须将它抓回去带给我的父亲。"

"哦,小伙子,"多尔玛特国王说道,"你这么做合适吗?如果你堂堂正正地向我说明原因,我没准会体面地将发光鸟送给你,现在如果我告诉大家,伊凡王子是个贼,你还有什么好说的呢?但是,听着,伊凡王子,如果你能为我做一件事,我就原谅你所做的一切,并把发光鸟和金鸟笼送给你。你要穿越很多国家,最终到达阿弗伦沙皇的国家,把他的金鬃骏马牵来给我。如果你办不到的话,我将把你做贼的事情传遍每个国家。"

伊凡王子沮丧地回到了灰狼朋友那里,告诉它发生的一切。

"伊凡王子,您怎么就不听我的忠告呢?不要拿那个鸟笼!"

"我真是活该!"伊凡王子垂头丧气地说。

"行了,"灰狼说,"骑上我吧,我带您去您要去的地方。"

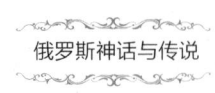

灰狼跑得飞快，连箭都追不上它。夜里他们到了阿弗伦沙皇的国家，停在了马厩的白石墙前面，灰狼说："现在守卫都在睡觉，您赶紧去马厩把金鬃骏马牵走，不过不要动旁边金色的缰绳，否则您会倒霉的。"

伊凡王子牵着马准备走，但是看到那根金色的缰绳，还是没忍住把它从钩子上取了下来。就在这时，整个院子响起了巨大的雷鸣，原来缰绳上连着铁丝。仆人们从四面八方跑过来，抓着伊凡王子去见阿弗伦沙皇。听完伊凡王子讲述他的使命，沙皇说道："伊凡王子，你要立即穿越许多国家，到达那遥远的王国，把美丽的海伦娜公主带给我。我深深地爱着她，我的心和灵魂都属于她。如果你能帮我办成这件事，我将把马儿和缰绳体面地送给你，否则我就告诉所有人你是个贼！"

伊凡王子在灰狼面前哭诉，乞求它的原谅，原谅他没有听从它的忠告。

"没关系，"灰狼说，"伊凡王子，我很喜欢您，所以我决定再原谅您一次。坐到我背上，我带您去找美丽的海伦娜公主。"

当他们到达海伦娜公主花园外的金色栏杆前，灰狼说："伊凡王子，沿着原路往回走，坐在绿色的橡树下等我。"说完，灰狼就站在

伊凡王子、发光鸟和灰狼

金色栏杆外面等待公主出现。夜晚即将来临,太阳不再炙热,公主在随从的陪伴下到花园里散步。当公主慢慢走近,灰狼忽然越过金色栏杆,抓住公主,然后跳出栏杆飞快地跑了。伊凡王子看见他们跑过来,立马跳到灰狼的背上,然后一起向阿弗伦沙皇的国家飞奔。越接近那个国家,伊凡王子心情越沉重。

"你怎么了,伊凡王子?"灰狼问。

"亲爱的灰狼,我高兴不起来,我已经爱上了美丽的公主,我怎么能用她去换一匹马呢?但是如果不这样做,阿弗伦国王将昭告天下我是个贼!"

"伊凡王子,既然我已经帮您这么多了,那我就再帮您一次,"灰狼回答,"听着,伊凡王子,我将变身为美丽的海伦娜,您把我带给沙皇,然后带走他许诺送给您的马儿。他一定以为我是真公主,这样您就可以骑着金鬃骏马带走真公主。远离这个地方后,只要您一想起我,我就会立刻出现在您的面前。"

话音刚落,灰狼倒在地上,一瞬间变身成了美丽的海伦娜公主。于是伊凡王子拉着假公主的手去见阿弗伦沙皇。得到向往已久的公主,沙皇非常高兴。伊凡带着真公主骑上金鬃骏马向多尔玛特王国疾驰。半路,他忽然记起一直帮他的好心灰狼,这个念头刚刚闪现,

灰狼立即出现在他面前,说:"伊凡王子,您坐到我背上来,让海伦娜公主骑金鬃骏马吧。"

他们离那个王国越来越近,在距离王国还有三俄里①的时候,伊凡王子说:"灰狼,我最好的朋友,能再帮我最后一次吗?请暂时变成金鬃骏马,因为我已经离不开它了。"

灰狼倒在地上,立即变身为金鬃骏马,简直和真的一模一样。于是伊凡王子把公主留在原地,独自一人骑着灰狼变的冒牌骏马去见多尔玛特国王。看到金鬃骏马,国王欣喜若狂地跑出王宫,亲吻年轻人的脸颊,拉着他的右手带他进入自己的王宫,并设宴狂欢了两天两夜。第三天,国王将发光鸟和金鸟笼都送给了伊凡王子,伊凡王子和海伦娜公主在分别的地方重逢后,一起骑上金鬃骏马向维斯拉夫·安德罗诺维奇王国奔去。

与此同时,多尔玛特国王想测试一下他的新骏马。可是当他刚刚骑上马儿,便被摔下马背,马儿倒地变成了一匹灰狼,像疾风一样飞快地逃跑了。灰狼很快追上了伊凡王子和公主,他们一起飞奔到了

---

① 1俄里≈1.0668千米。

伊凡王子、发光鸟和灰狼

灰狼最初把伊凡王子的马儿撕成碎片的地方。灰狼停下说:"伊凡王子,我已经尽力帮您了。我在这里遇见您,也要在这里与您分别,祝您一切顺利。"

说完这些,灰狼转身跑远,很快就不见了。伊凡王子继续前行,同时也为失去忠诚的伙伴伤心不已。

离自己的国家还有二十俄里时,伊凡王子和海伦娜公主停下来,坐在树下休息,很快就睡着了。这时伊凡王子的两个哥哥德米特里王子和瓦西里王子路过这里,他俩找了发光鸟很久但一无所获,也从这条路回去。忽然,他们看到自己的弟弟和漂亮的公主在树下酣睡,旁边的草地上放着金鸟笼,里面是发光鸟,不远处是一匹正在吃草的金鬃骏马。他俩打算杀了弟弟,夺走宝贝。于是,德米特里王子拔出宝剑,杀了伊凡,然后叫醒了美丽的公主,对她说:"美丽的海伦娜公主,你现在在我们手里,我们要带你去见我们的父皇维斯拉夫·安德罗诺维奇沙皇。你必须告诉他是我们得到了你、发光鸟和金鬃骏马,否则我们就杀了你!"

可怜的女孩快被吓死了,只好答应了他们的要求,于是三人一起骑马回家了。

伊凡王子在他被杀害的那棵树下躺了整整三十天。第三十一

伊凡王子、发光鸟和灰狼

天,灰狼经过这里,认出了他。它非常焦急地想帮助自己的朋友,却不知怎么办。这时,正好一只乌鸦带着两只小乌鸦飞过来。灰狼躲在一棵树后,当一只小乌鸦呼扇着翅膀落下来,它立刻从树后蹿出来,一把抓住了小乌鸦的脑袋,好像要掐死它。老乌鸦大叫道:"哦,灰狼,不要碰我的孩子!它没伤害你啊!"

"很好,"灰狼回答道,"只要你给我找来生死水,我就放了你的孩子。"

老乌鸦急匆匆地飞走了。三天后,它嘴里衔着两个橡果壳飞回来了,两个果壳里装满了不同的水。灰狼拿起盛着死水的果壳,把水洒在了伊凡王子的尸体上,肢体立马恢复了颜色。它又把生水洒在伊凡王子的脸上,伊凡王子站了起来,揉着眼睛说:"哦,我睡着了吗?"

"是的,伊凡王子,"灰狼说,"如果我没有恰巧遇到你,恐怕你要永远睡下去了。现在快骑到我的背上,我带你回去,因为你的心上人——美丽的海伦娜公主今天就要和你的哥哥结婚了,你必须赶回去阻止这件事。"

新郎新娘正准备进教堂时,伊凡王子及时赶到了皇宫。美丽的海伦娜公主一看到伊凡王子,就立即叫起来:"我勇敢的骑士来了!"

然后跑过去扑进他的怀里。

随后,一切真相大白,所有人都欢天喜地,只有那两个恶毒的哥哥被关进了大牢。

金属人与多头蛇

许多年前,一个乡下人被沙皇囚禁在他领地的牢房里很多年。这个囚犯长着一双铁手、一颗钢头和一个铜身。他是个很狡黠的小个子男人!沙皇有一个叫伊凡的小儿子,常常从牢房幽暗的窗前经过,对于窗内的一切非常好奇。一天,囚犯正从窗栅栏向外张望,看见小男孩从窗前经过,便叫住他,乞求道:

"哦,伊凡王子,给我些水喝吧,请不要拒绝我。"

小男孩什么都没想,便从井里打了一桶水,倒进旁边的杯子里,递到窗里就走了。那水显然很神奇,囚犯喝下去不久就消失了。沙皇知道这件事后非常生气,下令把小儿子赶出他的国土,再也不想见到他。沙皇的话就是法律,于是可怜的伊凡王子被驱逐出他的国

家,开始漫无目的地流浪。

最后,他长途跋涉来到另一个沙皇统治的国家,跪在那个沙皇脚下,乞求做他的仆人。那个沙皇答应伊凡让他当一个马夫,照料他的马。可是伊凡王子并不习惯做这份工作。他整天在马厩里睡觉,从不喂马。车夫不止一次鞭打他,他都咬紧牙关,勇敢地忍受了下来。

这时候,有其他沙皇向这个沙皇的女儿求婚,可是公主不中意,引起了争端,最终导致两国之间的战争。雇佣伊凡的沙皇不得不召集他的军队奔赴前线。在他外出期间,他的女儿玛发公主单独留下来治理国家。

公主发现马夫伊凡其实并不是一个单纯的乡下小子,他的出身似乎很高贵,于是便派他当了一个地方官。这个职务非常适合伊凡王子。他在那儿成了一个廉明公正的好官。风和日丽的一天,年轻的王子到树林里去打猎。在人迹罕至的田野和森林里,有个铁手钢头铜身的古怪小老头,突然像从地里蹦出来似的朝他走来。

"你好吗,伊凡王子?"小个子怪老头鞠躬问候。伊凡回复了他的问候。

"跟我来,我带你去看看我是怎么过日子的。"小个子怪老头邀请他。

金属人与多头蛇

伊凡王子跟着小个子怪老头到了一栋豪宅里。这时小个子怪老头朝他的小女儿喊道:"我的好女儿,给我们拿一些吃的喝的,再拿半桶酒来!"

他们开始边吃边聊。没多久,小女儿端来一个装了半桶红酒的大酒桶,把它递给了伊凡王子。

"你一定是在开玩笑吧!我一次可喝不了这么多酒!"伊凡大叫。

但是小老头坚持让他喝,最终伊凡妥协了。他双手举起大酒桶一口气把酒喝光了,自己都不知道怎么回事。

随后小老头叫他一起去散步。散步的路上,他们遇见一块重五百普特①的大石头,小老头说:

---

① 普特是沙皇时期俄国的主要计量单位之一,1普特≈16.38千克。

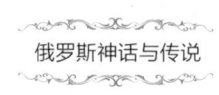

"伊凡王子，你必须搬起这块石头。"

"这石头太重了，我连比它小一半的石头都搬不动。"伊凡王子说。

但是小老头坚持让他试试，伊凡动手一搬，竟然轻而易举地搬了起来。他对自己拥有的惊人力量非常诧异。

他们再次回到了小老头的家中，他叫他的二女儿给伊凡王子拿一个装了四分之三红酒的大酒桶。伊凡一口就把酒都喝干了。随后两个人又出门散步，路上他们遇到一块一千普特的巨石，小老头说：

"现在，伊凡王子，你把这块石头扔到路边去！"

伊凡心里暗想："我绝对做不到。"但他还是试了试，没想到巨石拿在他的手里就像一根羽毛。他大吃一惊，不禁想："我这么大的力气到底是从哪里来的？一定是小老头在酒里动了手脚！"

又一次，也是最后一次回到家中，小老头命令他的大女儿给伊凡拿来一整桶酒。伊凡一口气喝干后，竟然能够毫不费力搬动一千五百普特重的石头。接着，小老头送给伊凡一块桌布作为礼物。当伊凡需要的时候，只要把桌布铺在桌子上，各种好吃的就会马上出现。

"好了，伊凡王子，"小老头说道，"你现在拥有非凡的力量，马

金属人与多头蛇

儿已经驮不动你了！你必须要加固你房内的楼梯，否则它会被你的力量压垮。你的椅子要换成更结实的才行，地板需要更多的横梁以防坍塌。现在你可以回家了，愿上帝保佑你！"

伊凡回到自己的家后，一切按照小老头的交代去办，并且辞去了所有的厨师和仆人，因为那块神奇的桌布可以为他提供所有他想要的食物。从此以后他只步行外出，因为他怕压坏了马儿的后背。每个人都对这个聪明、健壮的人感到惊奇和钦佩，因为他所有的事情都自己做。

这时，沙皇从战场回来了，听说他原来的马夫伊凡成了地方官，非常生气，命令伊凡继续回来当马夫。可是伊凡还像原来一样，对喂马这事漫不经心。车夫看到了，打了他一耳光。伊凡想都没想，就打了他一拳。然而他的力气太大了，把车夫都打飞了，滚到了院子里。事情传到了沙皇的耳朵里，他把伊凡召到了跟前。

"你这么做是为了自卫？"沙皇问道。

"我敬爱的沙皇陛下，我只想自卫，并没有要杀死他。请仁慈的沙皇大人可怜可怜我吧！"

沙皇对这个年轻人感到惋惜，只贬他为普通士兵，就算作惩罚了。

过了一段时间，一个只有拇指指甲高、长着像睫毛一样的长胡子的小矮人，给沙皇带来了一封来自水王的信，信上盖了三个黑印。信中说，如果沙皇不在规定的日子把女儿带到他要求的岛上，嫁给水王的儿子，他的国家将生灵涂炭，无人幸免。而水王的儿子是一条三头蛇！

沙皇毫无办法，只能答应水王的要求，否则他的国家就完了。随后，他召集王公大臣们商议，如何把他的女儿玛发公主从残忍的三头蛇手中解救出来，并发出一则告示昭告天下：如果谁能解救玛发公主，把她送回父亲身边，作为奖励，玛发公主就会嫁给他。

一个单纯的乡下人来到沙皇的宫殿里，鞠躬行礼，声称他能够完成这项艰难的使命。沙皇给了他一支强大勇敢的军队，乡下人带着这支队伍护送玛发公主去了小岛。到了那里，他把公主安置在一个房子里，自己带领士兵在街上等待三头蛇的出现。

伊凡王子得知厄运正威胁着他深爱的公主，于是匆匆赶到小岛，看到公主正在乡下人安置的房子里，坐在椅子上痛哭流涕。

"请不要哭泣，亲爱的公主。"伊凡安慰道。为了尽可能地养精蓄锐，他把头靠在公主的膝盖上睡着了。忽然，可怜的公主听到一阵可怕的"嘶嘶"吐口水声，一只丑陋的爬行动物正在向她爬来。它的

三个巨大的脑袋左右扭动着，三条细长的舌头直指受惊的少女，银白色的粗壮躯体盘绕扭曲着。离玛发公主越近，三头蛇就越暴躁，熊熊燃烧的火焰从它的三张血盆大口中喷出。

与这条蛇一起来的还有奔流的洪水，把整个小岛淹没了好几英尺①。洪水涌向小岛时，乡下人和他的那些士兵拔腿就跑，没命地逃回船上去了。起初玛发公主吓得不敢出声，连呼救都不会，只能呆坐着面对这可怕的景象。蛇蠕动着，慢慢地向公主爬过来，刚碰到公主的裙角，公主就尖叫了起来，把伊凡叫醒了。他立刻站起来，手握着剑用力劈了下去，三个蛇头都被他砍掉了。然后，伊凡就离开了。那个乡下人见事情已解决，便带着公主回去了，还威胁公主不能说出事情真相，否则就杀了她。

没过多久，那个只有拇指指甲高、长了睫毛那样长胡子的小矮人再次浮出海面，带给了沙皇一封盖了六个黑印的信。信中要求沙皇必须将她的女儿送到小岛，与水王的二儿子六头蛇结婚，否则他的国家和人民将会被洪水淹没，成为一片汪洋。沙皇害怕了，他写信回复

---

① 1英尺=30.48厘米。

金属人与多头蛇

一定遵命照办。那个乡下人又被叫来解救可怜的公主，于是他带着一支最精锐的部队和公主一起出发了。伊凡王子跟在玛发公主后面，当六头蛇爬近公主的时候，他拿出宝剑，经过一番搏斗，把六个蛇头一一砍了下来。沙皇以为是乡下人杀死了所有的蛇，非常赞赏乡下人的勇气，准备为他和公主准备婚礼。但是玛发公主却不同意，她说还没有从惊恐中恢复，希望婚礼能够推迟一些时日。

不久，那个只有拇指指甲高、长了睫毛那样长胡子的小矮人带着一封盖着九个黑印的信来到沙皇的宫殿。在信中，水王要求玛发公主嫁给他的大儿子九头蛇，新娘必须在他要求的日子被送到岛上，否则整个国家将被海水淹没。

乡下人再次肩负起了杀蛇的重任，他带着公主出发去了小岛。而伊凡王子已经在小岛上酣睡，为了即将到来的大战积蓄能量。突然之间，海水越涨越高，已经超过了之前几次，一条比前几次加在一起更大、更凶猛的蛇蹿出了水面。一看到泛滥的洪水和正向他们爬来的可怕的九头蛇，乡下人和他的军队抱头鼠窜逃命去了，把保护公主的事情忘得一干二净。

玛发公主试着叫醒伊凡，但是他睡得太沉了。蛇已经爬到了小木屋门口的台阶上，可怜的女孩拼命地叫着，试图叫醒伊凡。然而没

金属人与多头蛇

用,伊凡还在沉睡。那蛇径直向伊凡扑来,它的一个脑袋张开了血盆大口,准备一口吞掉熟睡的伊凡,可是伊凡还没醒。公主不知道该怎样叫醒沉睡的伊凡,无奈之下,她用小刀划伤了年轻人的脸颊。伊凡王子跳了起来,在被怪兽吞掉之前,挥剑砍向了它。接着是一场恶斗,他们扑向对方,在地上滚来滚去,打得难分难解。一直打到伊凡王子伤痕累累、筋疲力尽,可是九头蛇却依然强大如初,越战越勇。就在这时,一个铁手钢头铜身的小老头不知从什么地方冒了出来,站在他们面前。他立即加入了与蛇的战斗中,来报答伊凡王子很久之前给予他的帮助。那条凶猛的蛇招架不住了,两人获得了胜利,砍下恶蛇的九个脑袋,扔进了水里。然后两个人就离开了。

战斗结束,洪水退却,乡下人带着玛发公主回到了宫殿,并告诉沙皇是他从那些可怕的求婚者手中解救了公主。年轻女孩什么都不敢说,怕自己遭到暗算。

不久,那个只有拇指指甲高、长了睫毛那样长胡子的小矮人再次带着他主人水王的信出现在了沙皇的宫殿。这次水王命令沙皇交出杀了他三个儿子的罪犯。

沙皇只能放弃那个乡下人,准备了一条船,把他送到小岛上去。伊凡王子成了那条船上的水手。当他们行驶到大海中央,一条船

从他们身边驶过,有人高喊:

"交出罪犯!交出罪犯!"

船向前开了没多久,又一条船飞快地驶来,有人再次高喊:

"我们要罪犯!我们要罪犯!"

这时,伊凡指了指乡下人,罪犯立刻被抓起来扔进了敌人船里。水王下令,先把他无情地鞭打一顿,然后再扔进水中。就这样,这个说谎的乡下人死了。

过了一些时日,公主非常想念伊凡王子,但她不知道他的名字,也记不清他的样子。于是她要求他的父亲召集所有的仆人和军队,她要一一检查。

她一个个看过去,并和他们说说笑笑,实际上她是在仔细打量所有人的样貌。最后,她惊喜地小声叫了起来,因为一个年轻的水手站在她面前,脸上有一道刀疤。这个人一定就是那个曾多次英勇保护她的人,最后一次恶战前她曾经在他的脸上划过一刀,一定是他!于是公主拉着伊凡的手来到沙皇面前,告诉了沙皇所有事情的真相。那个无耻的乡下人已经死了,她没什么好怕的了。现在那些士兵也承认在伊凡杀蛇的时候,他们都躲起来了。

从此,这对幸福的年轻人得到了沙皇的祝福,在一起快乐地生活。

从来不笑的公主

从前,有一个公主,住在一座金碧辉煌的宫殿最高处,她的房间非常漂亮,但是她从来没有笑过。尽管她的生活奢侈安逸,拥有无可比拟的财富,所有的美好都环绕在身边,她能得到她想要的一切,但是她的嘴角从未出现过笑容,笑声也从未在华丽的房间中回响过,仿佛什么事情都无法让她开心。

公主年迈的父亲见到闷闷不乐的女儿,很心急。于是打开宫殿大门,让大家都可以进来帮她可怜的女儿散散心,他说:"所有人都可以想办法让我女儿开心,谁成功了,公主将成为他的妻子。"

沙皇话音未落,庭院、花园和宽敞的宫殿里便挤满了老少贫富各种人:沙皇、公爵、王子、少年、贵族、将军和平头百姓。宫殿里

天天大摆筵席，歌舞不断，人们想尽各种方法逗公主一笑，可她就是不笑。

城市的另一头住着一个一贫如洗的长工，为人非常诚实。每天早上，他清扫街道，下午放牧、挤牛奶，并把牛儿打理得干干净净，喂得饱饱的。他从早忙到晚，从来不偷懒。他的主人心地善良，既有钱又诚实，从不克扣他应得的报酬。他为主人工作一年后，主人想回报一下这个勤劳的小伙子，于是把一袋金币放在桌上，对他说："这些钱，你想拿多少就拿多少。"说完就离开了房间。

长工走到桌子前面，心想："我不能做欺骗上帝的事情，所以我只拿我应得的部分，少拿肯定比多拿好。"

想到这儿，长工只拿走了一个金币，然后就跑到井边喝水解渴。可是当他在井边弯腰去拉水桶的时候，一不小心把金币掉进井里了。可怜的长工现在什么也没有了，如果换作别人可能会绝望大哭，怨天尤人，但是年轻的长工却自言自语道："一定是我干活儿不够仔细，以后我要更加努力才行。"

从这以后，每个人看到他干活儿都目瞪口呆：所有的活计在他手里都能迅速完成。又过了一年，他的主人又放了满满一袋金币在桌子上，然后走出房间，让年轻人想拿多少就拿多少。

从来不笑的公主

长工像上次一样，害怕自己拿多了，超出自己应得的酬劳。于是他还是只拿走了一个金币。这时他又因为口渴来到了井边，弯下腰的一瞬间，金币正好掉进了井底。

长工依旧认为是他不够努力，所以上帝收回了金币。因此他更加卖力地工作，每天最早起床，最晚休息，片刻不得闲，任何工作都完成得无可挑剔。

人们只要瞥一眼，就会发现别人揉的面团又黄又干，而他揉的面团雪白柔软；别人养的牲口毫无活力，走路都迈不开腿，而他养的牲口总是在田野里活蹦乱跳，充满了活力；别人的马儿连下山都一瘸一拐，而他养的马儿却能像风一样疾驰上山。

他的主人知道这是谁的功劳，他应该感谢谁。于是到了第三年年底，主人放了一大堆钱币在桌子上说："自己拿，我勤劳的人儿，想拿多少就拿多少，这是你劳动所得，你应得的。"

说完他走出了房间，随便小伙子自己决定拿多少。然而这个长工再一次只拿走了一个金币，便走到井边喝水。他朝井里一看，看到了什么？这一次第三个金币没有掉下去，之前掉下去的两个金币竟浮上水面。他把两个金币捞起来，明白这是对他辛勤劳动的回报。他欢喜万分，心想自己已经够辛苦了，也该见识一下广阔的世界，去异国

他乡学习有趣的新事物了。于是他跋山涉水，过田野、穿森林、走草地、跨河流……

这天，他路过一片广袤的平原，迎面跑来一只欢快的小灰鼠。

"你好啊，善良的人儿！请给我一个金币吧，以后我会帮到你。"

小伙子想都没想，毫不犹豫地给了小灰鼠一个金币。

接着他走进森林里，在一条狭窄的小路上差点踩到了一只正在草丛里爬的甲壳虫。

"嗨，善良的人儿，能给我一个金币吗？以后我会为你服务的。"

小伙子掏出第二个金币毫无怨言地给了甲壳虫。

很快到了森林尽头，小伙子依依不舍地离开了。这时已经是春天，积雪开始融化，小白花害羞地在积雪下向外张望。不久，他来到一条河边。这条河并不宽，但是河面上一些冰已经开始融化，这个时候从冰层上徒步过河很危险。于是哪里的冰层看上去足够坚硬厚实，他便跳上去；哪里的冰层看上去脆弱易碎，他便跳进冰水中游泳。忽然，碧蓝的水底传来一个微弱的声音："善良的人儿，不要拒绝我的请求，给我一些钱吧，总有一天我会报答你！"说话的是一条马哈鱼，它正把头探出水面。

小伙子没有拒绝，把最后一个金币扔给了鱼儿。他又一无所有了。

走了很长时间，小伙子来到了一座大城市，那里漂亮的建筑林立，人口众多。小伙子看得眼花缭乱，不知道要去哪儿，看些什么。与他家乡的小路相比，这里的一切对他来说又宽广又新奇。突然，他觉得天旋地转，晕倒在泥地里。

巧的是，他正好倒在了公主金碧辉煌的宫殿前。公主正坐在窗前，像往常一样，嘴角没有一丝笑容。刚才这一幕正好被她看到。忽然，不知从什么地方冒出一只巨大的银色马哈鱼，摆动着长须，扑棱着鱼鳍；后面紧紧跟着一只慢悠悠的甲壳虫；最后是一只欢快奔跑的小灰鼠。

它们一起来到小伙子面前，忙得团团转。小灰鼠脱掉他的脏衣服，擦干净他的鞋子；甲壳虫为他赶走恼人的苍蝇；马哈鱼把水滴在他疲惫的眉头，试图唤醒他。

刚开始，公主只是漠然地看着这一切。渐渐地，她觉得越来越有意思了。忽然她咧开嘴笑起来，而且笑意越来越浓，最后开始放声大笑，一直笑到泪流满面，整个宫殿都回荡着她的笑声。沙皇听见了，赶紧跑到她跟前，后面还跟着皇后、保姆、家庭教师、王公贵族和仆人们，直到房间挤满了人，公主还在笑，笑得一句话都说不出来。她用手指了指窗外，然后，先是沙皇，再是王公贵族，一个接一个，最后所有人都放声大笑起来，就像他们从来都没有笑过一样。

最后，小伙子被他们带上楼，请进了公主华丽的房间。沙皇把自己的女儿嫁给了他。

从此以后，公主变得像其他人一样快乐。她总是笑容满面，别人见到她也会开心不已。

美丽的瓦西丽莎

从前,有一个商人住在离俄国非常远的国家。他结婚十二年,只有一个女儿——美丽的瓦西丽莎,生得十分可爱。在她八岁的时候母亲就去世了。临死前,母亲把她叫到面前,给了她一个洋娃娃,对她说:"我亲爱的瓦西丽莎,请记住我现在说的话,并完成我的遗愿。我快不行了,这个洋娃娃留给你,她带着我的祝福。请好好照顾她,无论到哪儿都带着她,千万不要让任何人看到。当你遇到麻烦的时候,给她一些吃的,然后向她求救。她吃了东西就会帮助你脱离困境。"

妻子去世后,商人发自内心地哀悼了一段时间,就开始物色新的结婚对象。他人很好,想要嫁给他的姑娘很多,但是他偏偏喜欢一

美丽的瓦西丽莎

个寡妇。这个寡妇年纪不小了，还有两个和瓦西丽莎年龄相仿的女儿，因此，无论在做母亲还是做主妇方面，她都很有经验。

商人和寡妇结婚后很失望，因为她对瓦西丽莎一点儿都不好。瓦西丽莎是村里有名的美人，她的继母和两个姐姐十分嫉妒，每天让她干体力活儿，折磨她。她们千方百计地虐待这个可怜的小姑娘，想让繁重的工作把她累得又瘦又丑，风吹日晒让她皮肤晒得黝黑。然而瓦西丽莎忍受了这一切，没有一句怨言，日子一天天过去，反而越来越美丽健康。与此同时，继母和她的两个女儿虽然每天像贵妇一样袖手旁观，坐着什么也不干，却因为嫉妒和仇恨变得更瘦更丑。为什么会这样？原来小洋娃娃正在帮助瓦西丽莎。如果没有洋娃娃的帮助，可怜的姑娘不可能完成那些沉重的工作！瓦西丽莎对洋娃娃的照顾无微不至，有时候即使自己饿着肚子，也要把本来就少得可怜的食物省下来。等到夜深人静，她锁上自己房间的门，一边喂洋娃娃，一边说：

"嗨，小娃娃，快吃吧，吃完听我诉诉苦！我住在父亲家中，却一点儿都不幸福，我那脾气暴躁的继母要把我折磨死了。我该怎么办呢，怎么活下去呢？"

洋娃娃吃着晚餐，她的两只眼睛像两颗小星星闪闪发光。她有了活力,一边安慰瓦西丽莎,一边给她出主意。等到天亮时,她已经做完了所有的活儿,瓦西丽莎只需要歇着采采花。花坛的草已经除了,卷心菜已经浇了,水打好了,炉子也生好了。洋娃娃还教她认识了一些治疗晒伤的草药。有这么好的一个小朋友,瓦西丽莎真的太幸运了。

几年过去,瓦西丽莎出落成一个美丽的大姑娘。村里的小伙子都想和她成亲,一眼都不看她的两个姐姐。继母更加嫉妒恼火,她告诉所有的追求者:"我的小女儿绝不会在两个姐姐出嫁之前结婚!"为了发泄愤怒,继母经常殴打可怜的瓦西丽莎。

商人正好要去外地经商很长一段时间,他们一家搬到了密林附近的一座房子里。密林中有一块空地,空地上有一个滑稽的小屋,长着小鸡的腿。小屋里住着一个邪恶的老巫婆,名叫芭芭雅嘎,她不允许任何人靠近小屋。如果谁敢冒险靠近她的小屋,她就会像吃小鸡一样把他们生吞活剥。

继母经常让瓦西丽莎到密林中取东西,但是她总能平安回来。因为有洋娃娃给她指路,从不让她靠近芭芭雅嘎的小屋。

一个初秋的晚上,继母给三个女儿分配任务:一个勾花边,一个织袜子,瓦西丽莎纺纱。每个人在睡觉之前都要完成规定数量的任

美丽的瓦西丽莎

务。三个姑娘在干活儿,只点了一根蜡烛,屋里一片昏暗。灯光越来越暗,一个姐姐受继母的指使拿起剪刀,假装意外将烛火扑灭。

"现在我们怎么办呢?"姑娘们说,"房子里没有一点儿亮光,我们的任务完不成了。必须有一个人到芭芭雅嘎那里要些火过来。"

"我的钩针发出的光线足够了,"钩花边的姐姐说,"我不去!"

"我也不去,"另外一个织袜子的姐姐说,"我能够借助我织针的光线继续干活儿!"

"你必须去找芭芭雅嘎了。"两个姐姐一边喊"快去找那个老巫婆",一边把她推出了房子。

瓦西丽莎找到她的布娃娃,在桌上摆好晚餐,一边喂洋娃娃一边说:"嗨,小娃娃,快吃吧,吃完听我诉诉苦!她们让我去找芭芭雅嘎讨些火来,芭芭雅嘎会吃了我!"

"别害怕,瓦西丽莎,带着我一起去她们让你去的地方。有我在,没事的。"

瓦西丽莎用披肩包住头,把洋娃娃塞进口袋里,在胸前划了三次十字,便颤抖着向黑暗的密林走去。

忽然,她的身边经过一个骑士。这个骑士从头到脚都是白色,穿着白盔甲,骑着一匹白马,马鞍也是白色的。接着,黑夜变成了黎明。

她继续往前走,忽然又一个骑士飞驰而过。这个骑士全身通红,穿着红衣,骑着一匹红马,马鞍也是红色的。接着,太阳升起来了。

瓦西丽莎走了一天一夜,第二天黄昏才到芭芭雅嘎小屋所在的那片空地:小屋周围的篱笆是用人骨做的,每个篱笆上都有一个骷髅;门的下半部分是人腿做的,门把手是人手做的,而门锁是长着一口尖牙的嘴。瓦西丽莎吓得瑟瑟发抖,一动也不敢动。忽然,又一个骑士飞奔而过,黑脸、黑衣,骑着一匹黑马,飞驰掠过巫婆的小屋,很快消失了。接着,夜幕降临了。然而,黑暗没有持续多久,篱笆上骷髅的眼睛发出了明亮的光线,把这块空地照得如同白昼。可怜的瓦西丽莎吓得抖个不停,不知道往哪里跑,只能站着一动不动。

不一会,她听到树林里传来恐怖的响声:树木发出断裂的声音,枯叶沙沙作响,狂风在她身边呼啸而过。芭芭雅嘎正朝瓦西丽莎飞来,她坐在一个研钵里,用杵推动前行,用壁炉扫帚清扫路面。飞到门前,她忽然站住,用鼻子闻了闻,大叫:

"谁?是谁在这里?我能闻到俄国人的味道。"

瓦西丽莎还在发抖,她走到巫婆面前,深深鞠了一躬说:

"老婆婆,是我,我的姐姐让我到这儿来借一些火。"

"很好,"芭芭雅嘎说,"我认识她们,不过你必须先住在我这儿,为我干活儿,我才能答应你的要求,否则我就吃了你!"

说完她转向大门,高声喊道:

"噢,紧闭的锁快解开;高大的门都给我打开!"

所有的门都开了,芭芭雅嘎吹着口哨飞了进去。瓦西丽莎也跟着进去了,所有的门又锁上了。进了小屋,芭芭雅嘎躺下来,命令瓦西丽莎把炉子上的食物拿给她。瓦西丽莎把木屑放在篱笆的骷髅上引火,又到地窖中给老巫婆取来食物、葡萄酒、啤酒和蜂蜜,这些足够十个人饱餐一顿。可是,芭芭雅嘎一人把所有东西都吃光了,只给瓦西丽莎剩了些残羹。巫婆睡觉前说:

"明天我要出门。你要打扫院子和小屋,做饭,缝补我的衣服,再筛一夸特①小麦,把它弄干净,里面不能有一颗黑小麦粒。如果忘了一件事,我就吃了你!"

瓦西丽莎发愁了,她根本干不完这么多活儿。不过她想起她的洋娃娃,便向她哭诉,洋娃娃让她尽管放心睡觉,明天天亮自会见

---

① 1夸特≈12.7千克。

美丽的瓦西丽莎

分晓。

瓦西丽莎很早就起来了。骷髅的眼睛开始变暗,白衣骑士从窗前掠过,天色渐渐亮了起来。芭芭雅嘎吹了一声口哨,研钵、杵和扫帚全部就位,准备出发。接着,红衣骑士飞驰而过,太阳升起来了。整个小屋就剩瓦西丽莎一人了,她在小屋里转了一圈,发现屋内非常奢华,她想该干活儿了。可是再一看,所有的活儿已经做完了,洋娃娃正在清理最后几颗麦粒。

"噢,你真是我的好帮手!"瓦西丽莎叫道,"你又帮我摆脱了麻烦!"

"你现在只需要做饭了,"洋娃娃说着,爬进了瓦西丽莎的口袋,"快做吧,做完就可以休息了。"

傍晚来临,瓦西丽莎摆好餐桌,一切准备就绪,只等芭芭雅嘎回来。这时黑衣骑士从门口飞驰而过,夜幕降临,只剩骷髅的眼睛在黑暗中闪闪发光。树木开始发出断裂的声音,枯叶沙沙作响,巫婆回来了。

"活儿都按照我的要求做好了吗?"

"老婆婆,您请看。"瓦西丽莎回答道。

芭芭雅嘎检查了一遍,竟然挑不出一点儿毛病。她很生气,因

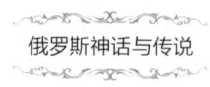

为这样她就不能找借口责骂女孩了。

"这次做得不错,"说完她又大叫道,"我忠实的仆人,我的好朋友,快来帮我磨麦子!"

三双手瞬间出现,抓起一夸特麦子不见了。

芭芭雅嘎又给瓦西丽莎下了新的命令。

"明天你要干和今天一样的活儿,然后还要清理这些掺了沙土的种子。我明天回来的时候,这些种子里不允许有一粒沙子!"

第二天,瓦西丽莎和她的洋娃娃又干完了所有的活儿。老巫婆回来看到一切,大叫道:

"我忠实的仆人,我的好朋友,拿走这些种子去榨油!"

三双手瞬间出现,拿起种子又消失了。随后芭芭雅嘎坐下来开始吃饭,瓦西丽莎站在一旁看着她。

"你怎么不和我说话?"芭芭雅嘎问道,"站在那边像个哑巴一样!"

"我不敢,"瓦西丽莎回答,"不过如果您允许,我想问您一些问题。"

"问吧,不过不是所有的问题都有好的结果:如果知道太多,你会很快变老!"

美丽的瓦西丽莎

"老婆婆,我想问您我所见到的一些东西。来的路上我看到一个骑着白马的白衣骑士,他是谁?"

"那是我的白天。"芭芭雅嘎回答。

"然后,又有一个红衣骑士骑着红马从我身边经过,他是谁?"

"那是我的太阳。"老巫婆回答。

"那我在大门附近见到的黑衣骑士是谁?"

"那是我的黑夜,他们都是我忠实的仆人!"

瓦西丽莎想起了那三双手,但是没有作声。

"怎么不问其他问题了?"芭芭雅嘎问道。

"我问完了,老婆婆,您刚才说过,知道太多会变老的。"

"很好,你没有问在这屋里看到的一切,我懒得解释这些,谁如果好奇心太强,我就会吞了他。现在该我问你问题了:你是怎么完成我安排的所有活儿的?"

"我母亲的祝福帮助了我。"瓦西丽莎回答。

"啊,真的吗,那是怎么回事?离开我的屋子,你这个被祝福的女儿,我这儿不需要被祝福的人!"

芭芭雅嘎把瓦西丽莎拖出小屋,从篱笆上取下了一个两眼闪光的骷髅,插在一根棍子上,扔给瓦西丽莎,说:

"这是你姐姐们要的火,拿好它,你不就是为了这个来的吗?"

瓦西丽莎一路小跑回家。快到家时,她想扔掉骷髅,因为天亮了,骷髅眼里的火光已经熄灭。忽然,她听见骷髅悲伤阴沉的恳求:不要扔掉我,把我带给你的继母!

于是瓦西丽莎带着骷髅走进家门。骷髅的双眼锐利,一到暗处就燃烧起来,继母和姐姐走到哪儿,骷髅就追到哪儿,不管她们藏在哪里,都会被骷髅找到并炙烤。第二天一早,继母和姐姐被烧成了灰,只有瓦西丽莎安然无恙。

瓦西丽莎埋葬了骷髅,锁好房门后回到城里,和一个老婆婆住在一起,等着父亲回来。与此同时,她开始纺纱,用的是非常稀少的精致丝线。这一次洋娃娃又帮助了她,只用一个晚上就准备好了所有原料。到了冬天结束的时候,瓦西丽莎已经织出像纱线一样可以穿过针眼的美丽亚麻布。老婆婆十分喜爱这种亚麻布,她觉得只有沙皇才有资格穿这种上等的料子。于是,她穿上自己最好的衣服,进宫去了。沙皇从未见过如此精美的亚麻布,说作为奖励,她要什么都可以。但是老婆婆说:

"尊敬的沙皇陛下,金钱买不到这种精美绝伦的亚麻布,这是我献给您的礼物。"

美丽的瓦西丽莎

仆人们想用这些布料给沙皇做几件衬衣,可是没人会缝制如此高档的料子。他们找了很久这样的裁缝,却一无所获。最后沙皇叫来了老婆婆,对她说,织出这种布料的人一定可以缝制衬衣。老婆婆把亚麻布拿了回来,瓦西丽莎很快就做好了十二件精美的衬衣。老婆婆把衣服献给了沙皇,而瓦西丽莎则坐在窗前焦急地等待结果。

忽然,沙皇的一个仆人走来,说:

"尊贵的沙皇陛下想见见为他做衬衣的巧手裁缝,并亲自向她表示谢意。"

瓦西丽莎赶紧遵命进宫,而沙皇一见到这个美丽的姑娘,就疯狂地爱上了她。

"噢,美人儿,"他叫道,"你赢得了我的心,我已经离不开你了,我要娶你为妻。"

不久,商人回来了,看到女儿如此好运,欣喜若狂,并搬到皇宫和她一起住。瓦西丽莎把老婆婆也接到身边。从此以后,她一直把洋娃娃装在自己口袋里,一直没有分开过。

傻瓜杰米利亚

从前,有个村子里住着一个农民,他有三个儿子,其中两个很聪明,但第三个儿子杰米利亚是个傻瓜。父亲年纪越来越大,他把三个儿子叫到床前,说:

"孩子们,我活不了多久了,我的房子和牲畜都平分给你们,我还会给你们每人一百卢布。"

没几天,父亲去世了。刚开始,三兄弟住在一起,但是没过多久,两个聪明的哥哥决定用父亲留给他们三人的三百卢布,到附近城里做生意。于是他们对杰米利亚说:

"听着,小傻瓜,我们要进城,把你的那份钱也带上,我们会给你买一件红色的长外套、一顶红色的帽子和一双红靴子。但是你必须

傻瓜杰米利亚

待在家里,嫂子们让你做什么,你就得做什么。"

那个傻瓜想得到哥哥们承诺的外套、帽子和靴子,就答应了他们的要求。随后,两个哥哥就出发进城了。傻瓜杰米利亚和嫂子们留在家中。

过了一段时间,一个寒冷的清晨,嫂子们让杰米利亚外出打水。杰米利亚正躺在温暖的炉火台上,他说:

"为什么让我去?你们闲着干什么?"

"什么为什么?你这个小傻瓜!"嫂子们气得大吼,"你没看到外面多冷吗?这种天气只适合男人外出。"

"我懒得动。"傻瓜说。

"什么,你懒得动!你总要吃饭吧,你不去打水,用什么做饭?好吧,我们要告诉丈夫,不给你买外套、帽子和靴子!"

杰米利亚一心想得到外套、帽子和靴子,听到嫂子这么威胁他,便从睡觉的地方爬起来,穿上高筒靴,提着两个水桶和一把斧子来到村里的大河上,砸出一个很大的冰窟窿。随后他把水桶装满水,放在旁边的冰面上,站在那儿,朝冰窟窿里看。忽然,他看到一条巨大的梭子鱼。杰米利亚虽然傻,但是也想抓住这条鱼。当鱼越来越靠近冰窟边缘时,他突然伸出手来一把抓住了梭子鱼,放在衣服里面准

傻瓜杰米利亚

备带回家。这时,梭子鱼说话了:

"杰米利亚,你为什么抓我?"

"带回家给嫂子们做菜。"杰米利亚回答。

"别带我回家,小傻瓜,把我放回水里吧,我会让你变成富翁的。"

但是杰米利亚不听它的话,朝家里走去。梭子鱼见状,恳求道:

"听着,小傻瓜,把我放回河里,我会让你心想事成!"

傻瓜听了梭子鱼的话非常开心。他很懒,心想如果梭子鱼能帮他干所有的活儿,那他可以整天在温暖的炉火台上躺着睡觉,什么都不用做了。于是他说:

"我会给你自由,不过你要信守诺言。"

"我说到做到,"梭子鱼说,"你现在想要什么?"

"我希望这两桶水自己上山,不能洒一滴水出来。"

"这太容易了,"梭子鱼说,"你只要记住我教你的话:遵从梭子鱼的命令,按照我的意愿,两只水桶自己到山顶去吧!"

杰米利亚重复了一遍梭子鱼的话,话音刚落,两只水桶开始爬山,没有溅出一滴水。看到眼前的景象,杰米利亚又惊又喜,他问梭

傻瓜杰米利亚

子鱼，是不是其他的事情也可以这么办。

"是的，所有的事情都可以，"梭子鱼回答，"只要记住我教你的话，所有的愿望都能实现。"

随后，杰米利亚把梭子鱼放回水里，自己追着水桶去了。人们都聚过来看这件奇事。杰米利亚一声不响地回到家，爬上炉火台倒头大睡。两只水桶自己回来后，就跳到了长凳上。

过了一些时日，一天，两个嫂子说："杰米利亚，你天天躺着睡觉，也不帮我们干活儿，去砍些柴来填炉子。"

"我不去，我懒得动。"小傻瓜说。

"你怎么这么懒？好吧，如果你不砍柴就挨冻吧。"

但是杰米利亚还是懒得动，他只是躺在炉火台上念叨："遵从梭子鱼的命令，按照我的意愿，斧头快去砍一些柴，让柴自己进屋填进炉子里。"

斧头立马跳到院子里开始砍柴，砍好的柴一块接着一块翻滚进炉子里。

不用说，两个嫂子大吃一惊，以后每一天都会出现这个景象。没多久，院子里的树木变少了，两个嫂子说："杰米利亚，到森林里去砍些柴来，家里的树都砍光了。"

傻瓜杰米利亚

"我不去,懒得动。"小傻瓜回答。

"如果你不去,我们要告诉丈夫,不给你在城里买红外套、帽子和靴子。"

一心想得到这些的小傻瓜,不得不从炉火台上爬起来,穿上靴子,走到院子里。他拿起一根长绳和一把斧子,坐上雪橇,让嫂子帮他开门。

"你真是个傻瓜,杰米利亚,你还没套马呢!"嫂子们笑道。

可是杰米利亚又说了一遍刚才的话,门打开了,他说道:"遵从梭子鱼的命令,按照我的意愿,雪橇啊快去森林!"

话音刚落,雪橇开始飞起来,速度快得连一对马儿都追不上!杰米利亚经过一个村庄,他不知道要提醒路上的行人赶紧闪开,所以撞倒几个妇女和儿童。农民们在后面追赶,可是没有一匹马能追上。

到了森林,杰米利亚跳下雪橇,说:"遵从梭子鱼的命令,按照我的意愿,斧头啊,快砍柴吧,砍好的柴跳上车,用绳子捆起来。"

做完这些,杰米利亚又命令斧头给他做了一根棍子,然后沿原路回家了。当他再次经过那个村庄,人们正在等他呢。他一进村,那些人便抓住他打。这时小傻瓜喃喃地说:"遵从梭子鱼的命令,按照我的意愿,棍子啊,快打这些人。"

话音刚落,棍子就舞动起来痛打那些人,那些人被打得抱头鼠窜,四散逃跑。

消息很快传到了沙皇的耳朵里,他派了一名使者去找杰米利亚并把他带到皇宫来。使者官员走进小木屋,问道:"小傻瓜在哪里?"

"你找我干吗?"杰米利亚躺在炉火台上问。

"快起来,穿好衣服,我带你去见沙皇。"

"我见沙皇干什么!"傻瓜说。

官员对杰米利亚出言不逊非常生气,给了他一耳光。小傻瓜没说什么,低声自言自语道:"遵从梭子鱼的命令,按照我的意愿,棍子啊,快打他,越重越好!"

棍子立即跳起来,不停地抽打那个官员和他的随从,直到把他们都赶出小屋。官员回到皇宫向沙皇汇报了发生的一切。沙皇更加好奇了,对傻瓜如此胆大且本领高强非常吃惊。于是他再次派人去找杰米利亚,要不惜任何代价把他带来。

使者与随从骑马到了村庄,把傻瓜的嫂子们叫来问道:"傻瓜喜欢什么啊?我们怎么才能带他去皇宫?"

"尊敬的大人,傻瓜喜欢被恭恭敬敬地邀请,不喜欢那些对他粗鲁的人。"

傻瓜杰米利亚

于是使者带着葡萄干、李子和无花果走进小屋，对傻瓜说："杰米利亚，你怎么总是躺在炉火台上？"使者给了他一些好吃的，然后继续说："和我一起走吧，杰米利亚，我带你去见沙皇，他会给你更多的李子和葡萄干。"

"我在这里躺着很舒服！"傻瓜回答。

"和我走吧，杰米利亚，你到皇宫里会感觉更好！"

"我懒得动！"

"去吧，见了沙皇，他会给你红色的外套、红色的靴子和红色的帽子。"使者恳求道。

"很好，"小傻瓜说，"你先走，我跟在你后面。"

使者害怕再次惹怒他，只能先走了。

杰米利亚躺在炉火台上，打着哈欠伸着懒腰说："哎，我根本不想去见沙皇，但是我得给他个面子。遵从梭子鱼的命令，按照我的意愿，出发吧，炉子，去沙皇皇宫！"

小屋开始咯吱咯吱晃动，炉子从角落飞起来追赶使者，杰米利亚和他一起进了皇宫。所有人，甚至美丽的公主都跑出来看这一奇迹。杰米利亚看见了公主，他小声嘀咕："遵从梭子鱼的命令，按照我的意愿，让美丽的公主爱上我吧！"说完，他就命令炉子飞回家了。

这时公主已经深深地爱上了小傻瓜,恳请父亲让她嫁给杰米利亚。沙皇非常生气,根本不考虑这件事。但是在女儿的苦苦央求下,沙皇只好派人再去找杰米利亚。派去的官员这次聪明多了,他摆了一桌酒席,邀请傻瓜来吃。他等杰米利亚吃饱喝足开始呼呼大睡时,把他抬上马车拉进了皇宫。沙皇命人搬来一个大桶,把杰米利亚和公主装进去,用金属环箍紧封住,便把桶抛进了大海,让它随波逐流。这一切都是在沙皇的严密监视下完成的。

几小时后,傻瓜醒了,惊叫道:"我在哪儿?"

"你和我在一个大桶里,我是沙皇的女儿。"公主把发生的一切告诉了傻瓜,乞求傻瓜救她出去,不要让她饥寒交迫地死在大桶里。刚开始,杰米利亚什么都懒得做,但是很快被公主的眼泪和悲伤打动,说:"遵从梭子鱼的命令,按照我的意愿,大海啊,把这个大桶送到岸边!大桶啊,到达陆地时请一分为二!"

话音刚落,海上刮起风暴,很快,他们发现自己已经站在一个美丽的小岛上了,岛上的奇树异果他们从来都没见过。

"可是杰米利亚,我们住哪里啊?这附近一间小屋都没有!"

"遵从梭子鱼的命令,按照我的意愿,请在这个小岛中心建起一

座比沙皇宫殿还要宏伟的宫殿，还有一架水晶长桥直通沙皇宫殿。"杰米利亚刚说完，一座用洁白的大理石打造的美丽宫殿拔地而起，里面摆设着极其奢华的家具，宫殿里面还有很多仆人与官员。但是小傻瓜很沮丧，因为这些人看起来都比他漂亮又聪明得多。于是他说："遵从梭子鱼的命令，按照我的意愿，请让我变得帅气又聪明，无人能及！"他马上变成了一个英俊潇洒的聪明人，所有人都大吃一惊。

　　随后杰米利亚派人把沙皇请到自己的宫殿，并向他讲述了自己的冒险经历。起初沙皇不相信会有这种怪事和神奇的变化，但是他的女儿——美丽的公主也向他说了同样的经历。沙皇非常开心，把自己的祝福送给了这对年轻人，希望他们结婚后的生活幸福美满。

冰 霜

在遥远的国家里,住着一对老夫妻,他们有三个女儿。大女儿玛芙莎是老妇人的继女,一直被虐待。继母常常责骂她,总在别人还酣睡的时候叫醒她,让她做各种累活儿。她必须喂牲口、砍柴、挑水、生炉子、缝制全家人的衣服、打扫房子,这一切必须在中午之前完成。尽管可怜的姑娘总是尽力做好所有事情,但老太婆从来没有满意过,总是嘀咕:

"看看,她可真是个懒丫头,还那么邋遢!桌子没有摆正,椅子放在了不该放的角落里!"

老太婆唠唠叨叨责骂的时候,可怜的女孩默默无语,静静地哭泣。说实话,这姑娘是最好的女儿。她有一颗金子般的心,而且心

冰 霜

灵手巧，用黄油做面包对于她来说轻而易举。可是跟狠毒的继母在一起，她每天都以泪洗面。她能怎么办呢？狂风呼啸一天、两天或更久，最后总会停下来。但是老太婆一旦开骂，就不知道什么时候能闭嘴了。

她的两个妹妹看到母亲如此，便学着母亲的样子，也十分残忍地对待她，常常与她吵架，想方设法折磨她。她们自己却过着公爵夫人一般的日子，每天早上睡到很晚才起床，用姐姐玛芙莎准备好的热水洗澡，吃完姐姐准备的饭菜，才开始纺纱。晚上，她们出去唱歌跳舞，让可怜的玛芙莎一个人留在家里。她们最爱的舞蹈是圆舞。跳舞时，男男女女手牵着手，其中一个小伙子用巴拉莱卡琴或者口琴演奏欢快的曲调，其他所有人都在唱歌跳舞，飞速地转圈拍手。听到远处传来的欢歌笑语，玛芙莎只能把美丽的头垂到桌上，为自己不能和其他人一起玩耍舞蹈而痛哭流涕。到了星期天，两个妹妹穿上最好看的衣服，在两条长辫子中编上不同颜色的宽丝带，而可怜的玛芙莎只能羡慕地眼睁睁看着。

老头很喜欢他的大女儿，因为她孝顺和善，让做什么就做什么，从不与任何人吵架。但是老头不知道如何帮助她，自己年老体弱，而他的妻子总是固执己见。

时间一天天过去,这对夫妻开始各自盘算,老头想着如何给大女儿找个丈夫,而老妇人想着如何甩掉继女。

一天晚上,继母说:"老头子,玛芙莎也该嫁人了。明天你早点起来,备好马,把她带到我告诉你的地方去。"

"好啊。"老头说着爬上炉火台倒头就睡。

玛芙莎自以为可以放假出去玩了,非常开心,做了一夜美梦。第二天,她起得很早,在圣像前做完祷告,便穿上她最漂亮的衣服,在自己的大辫子上扎上两条鲜艳的丝带,一切准备就绪,等待出发了。

那时还是冬天,外面霜冻严重,还有一层厚厚的积雪。树木的叶子都掉光了,被雪裹住,看起来像有人给它们盖上了厚厚的、暖和的白床单。而冬天无人问津的花园覆盖着及膝深的积雪。当太阳从灰白的天空中喜笑颜开地照射着大地时,积雪被照得犹如闪光的钻石。窗户上的雪霜结成了各种美丽的图案。

在这个天寒地冻的早上,玛芙莎就要出门了。老头把他的小马套上雪橇,拉到台阶下面,说:"你看,我都准备好了。"

"老头子,"继母说道,"带玛芙莎去见她的丈夫吧。沿着这条路到树林里,然后向左拐入一片空地,你知道那棵大松树在哪儿吧?就

把她留在那里嫁给冰霜!"

老头目瞪口呆地看着她,不知道该说什么好。可怜的女孩哭了起来。

"行了,别哭了,没用!"恶毒的老太婆说,"就算你坐在这里把眼珠子哭出来也没用。你的心上人多么富有,你看他的松树和桦树都穿着美丽的白色毛绒外套,他自己也是力大无穷的大力士,能毫不费力就把人捏死!"

老头束手无策,只能听命于老太婆。玛芙莎只好穿上内衬羊皮的外套,把温暖的披肩包在头上,和老头一起出发了。他们径直穿过白茫茫的树林,然后向左拐去,来到一棵巨大的松树下面。老头放了一块木头在雪地上,说:

"可怜的女儿,现在我必须要把你留在这里了。坐下等等冰霜,记住你要热情地迎接他。"

说完,老头调转马头,哭哭啼啼地骑马走了。

可怜的女孩孤零零地站在原地。她浑身发抖,哭都哭不出来,牙齿冻得打战,只能勉强地喃喃祷告。

突然,她听到冰霜在松树上跳来跳去,松树一直唰唰作响。很快,冰霜停在了女孩旁边的松树上,对她说:

冰 霜

"漂亮的姑娘,你认识我吗?我是红鼻子冰霜,你都不怕我吗?"

"欢迎您,冰霜先生。我猜想是神派您来带走我罪恶的灵魂。"

冰霜跳到了一根比较低的树枝上,打算冻死这个姑娘。但是姑娘机智的答话吸引了他,让他改变了想法,他给了姑娘一件厚实温暖的外套。她穿上外套,把娇小的一双脚也包在了里面,坐着等待。

冰霜很快就跳了回来,看到她容光焕发,还给了她一大箱各种各样漂亮的金银珠宝。玛芙莎又一次听到冰霜在树上唰唰作响,向她跳过来。这一次,她欢快地迎接他的到来,这让冰霜把他冻死人的那些恶作剧忘得一干二净。他送给姑娘一件用银线缝制、缀满金色锦缎的漂亮衣服,玛芙莎穿上后光彩照人。冰霜忍不住一天到晚看着她,听她唱动听的歌曲。

第二天早上,继母让老头去收尸。可是老头到了树林里,惊喜地发现,他的女儿还活着,而且美得无法形容。父女俩把昂贵的礼物都搬上雪橇,让马儿拉着回家了。

与此同时,继母正在准备葬礼,可是桌下的小狗叫个不停:

"汪!汪!继女带着礼物穿金戴银回来了,她的两个妹妹嫁不出去了,没人娶她们!"

"安静!"老太婆叫道,"应该说我的两个女儿很快就要嫁出

冰 霜

了，我的继女只剩一堆白骨！"可是小狗还是不停重复它刚才说过的话。

雪橇铃声传来，大门吱吱嘎嘎地响，老头扛着一个沉重的大箱子进来了，后面跟着穿金戴银的玛芙莎。

老太婆又吃惊又嫉妒地尖叫了一声，然后开始催促老头，她喊道："快，快，把我的两个女儿也送到树林里那个地方，这样她们也能发财啦！"

随后，她把两个女儿打扮得像皇后一样，穿上温暖的外套，让她们尽可能地美丽一些，然后老头就把她们送到了那棵大松树下面。尽管她们穿得很厚实，可是没过多久就开始打冷战，其中一个说："嗨，帕拉莎，如果我们的心上人不来怎么办？我会像其他东西一样冻僵冷死的！"

"我也一样，傻子都知道这个道理！"另一个抱怨道。

"你说，帕拉莎，如果只有一个心上人来，他会挑谁？"

"肯定不是你！"

"不是我难道是你？"

"当然是我！"

"哎哟，别吹牛了，你纺纱都纺不好，什么都不会，你觉得人家

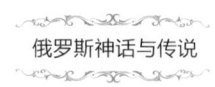

会选你？真是从来没听过这种荒唐事！"

"走着瞧，看看他到底选谁！"

两个姑娘快冻僵了，她们把乌青的双手伸进外套里取暖。忽然，冰霜在树上跳来跳去，朝她们过来了。其中一个女孩猜想，是她的心上人来了。

"听，帕拉莎，他来了！你听到铃声了吗？"

"让我一个人在这儿吧，我快冻僵了。"

冰霜跳到她们附近的一根树枝上，说：

"怎么样，姑娘们，你们冷吗？"

"哦，你这个邪恶的冰霜，赶紧滚开，我们冻得不知道做什么了！"

冰霜跳得更近了，树枝的唰唰声更响了，他哈哈大笑，问道：

"现在怎么样？姑娘们，有没有觉得暖和一点？"

"赶紧滚开，你太可恶了！你没看见我们的手和脚冻得像冰一样，鼻子和耳朵也都冻得发青！"

然而冰霜跳到最低的树枝上，两个姑娘被狠狠地冻住，快要被冻死了。

第二天一早，老太婆就指使老头去把两个坏脾气的女儿接回

冰 霜

来，说："老头子，套上最好的马，带着最大的雪橇去把我的女儿们接回家。记住，别弄翻了箱子，也不许弄皱她们的新衣服。"

可是，当老头来到大松树下，只看见了两堆白骨。于是他把白骨装进袋子，回家了。老远就听见继母欢呼："我的女儿们回来了，我都听见金银珠宝在箱子里叮叮当当的声音了。"

这时，小狗在桌下狂吠："汪！汪！继女有很多追求者，可是两个女儿没人要。汪！汪！"

老太婆丢给小狗一块馅饼，让它说反话，可是小狗根本不听，只重复它刚才所说的。

"两个女儿没人要。汪！汪！"

雪橇刚一进门，老太婆就奔了过去，可是只看见了白骨，她伤心地哭了起来。

不过，玛芙莎心地善良，她对继母仍然很好，继母也开始慢慢改变了看法。随着日子一天天过去，继母越来越喜欢她。不久，一个优秀的年轻人和玛芙莎结为夫妻，他们全家幸福地生活在一起。

生命水、唱歌树与说话鸟

从前有三姐妹,她们是商人的女儿。一天晚上,她们坐在窗边聊天,大女儿忽然说:"我即使嫁给沙皇的面包师也很满足,因为至少能接近沙皇陛下!"

"没错,我不介意嫁给他的厨师。"二女儿说。

最小的女儿惊呼起来:"不,我可不愿意,我要嫁给沙皇陛下,给他生两个儿子。他们的手、手臂和手肘是纯金的,他们的大腿是纯银的,脑后是一轮明亮的月亮,额头是一个火红的太阳。我还会给他生一个小女儿,她笑起来的时候,四周就会撒满粉色的花朵,而她哭泣的时候,美丽的眼睛里流出的不是眼泪,而是贵重的珍珠!"

正在树林里打猎的沙皇在回家路上,恰好经过三姐妹的窗前,

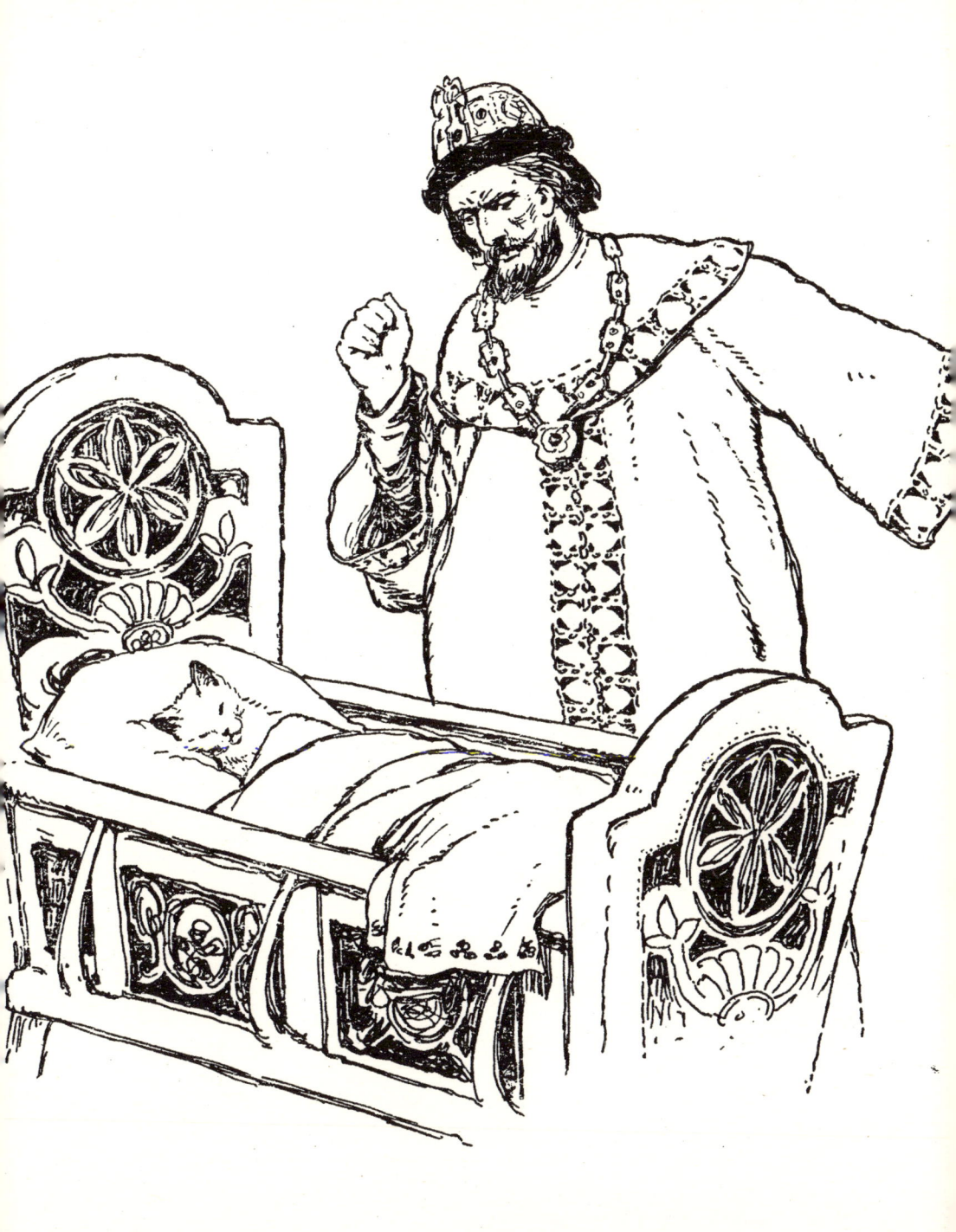

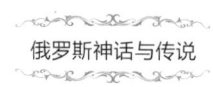

听到了她们的对话。第二天一早,他派人叫来三姐妹,问她们昨晚在窗前聊了什么。三个女孩很害怕,不敢讲出昨晚她们说的话,但在沙皇温和的询问下,她们最终承认了。

"好吧,既然这样,"沙皇说,"那我就成全你们,两个姐姐如你们所愿,嫁给我忠诚的仆人。而你,这个小姑娘,将成为我的妻子。不过请记住你说的话,给我生儿育女。"

妹妹嫁给了沙皇,两个姐姐与沙皇的仆人结了婚。姐姐心里非常嫉妒,所以她们决心惩罚妹妹。妹妹生了一个可爱的儿子,果然如她所说的那样,他的手、手臂和手肘是纯金的,大腿是纯银的,脑后是一轮明亮的月亮,额头是一个火红的太阳。但是孩子一生下来就被两个姐姐偷偷抱走了,她们把孩子放在一个又重又旧的箱子里,然后把箱子扔进了河里,孩子随着水流漂走了。随后,她们放了一只小狗在孩子的摇篮里。

沙皇没有看到漂亮的孩子,却看见了一只小狗,他既失望又愤怒,想直接杀了皇后,但是事后又想了想,决定原谅她。

过了一段时间,皇后又生了一个儿子,样子和她婚前描述的一模一样。可是她的两个姐姐又抱走了孩子,放在箱子里丢进了河里,然后还在摇篮里放了一只小猫。沙皇看到小猫,怒气冲天,赶紧招来

生命水、唱歌树与说话鸟

全体大臣和随从商量对策。皇后的恶作剧太过分了,沙皇想绞死她。在大臣们的劝说下,他再一次原谅了妻子,让她安心地过日子。

又过了一段时间,皇后生了一个女儿,样子和她婚前想象的一模一样。两个恶毒的姐姐再一次把孩子抱走,扔在河里让她随波逐流,随后在孩子的摇篮里放了一块木头。

沙皇看到木头,又生气又伤心,快要发疯了。他要杀了这个戏弄了他三次的妻子,幸好大臣们及时赶来阻止了他。在大臣们的求情下,沙皇没有杀死皇后,而是把她关在一根石柱里面,让她等死。

皇后是无辜的,但还是被关进了一根空心的大石柱里面。这根石柱两端密封,空气和光线都无法进入,而且也没有食物。可怜的女人只能日日夜夜凄惨地尖叫和祷告。神终于听到她真挚的祷告,许诺让她再次成为皇后,并和她的孩子们团聚。

很多年过去了,虽然没有人给她食物,仁慈的神还是让她一直在石柱中活着。

在这段时间里,有一位好心的将军看到河面上漂流的孩子们,便把他们救起来,收养了他们。孩子们时时刻刻都在成长,男孩们成了英勇的武士,小女孩成了最美丽的姑娘。她笑起来的时候,四周就会撒满粉色的花朵,而她哭泣的时候,珍珠就从眼中流出。将军去世

后,把自己所有的财产和土地都留给了这几个孩子,但从此他们在这茫茫世界举目无亲。

有一次,两兄弟外出打猎,小妹一个人留在家里。他们家周围是一位美丽的花园。一位好心的老妇人来看她,给她一些善意的建议,告诉她如何打理好这么大的房子。大家都喜欢这个姑娘,愿意帮助她。女孩把老妇人请进花园,问道:"老婆婆,你很喜欢这个花园吧?这里的东西应有尽有。"

"这里确实什么都有,"老妇人回答,"但是还缺三样东西:生命水、唱歌树和说话鸟。"

女孩听了很沮丧,两个哥哥打猎回来,发觉她似乎有心事。

"妹妹,你怎么了,为什么看起来很伤心?"他们问道。

"是的,哥哥们,我有些伤心,因为我以为我们的花园拥有世上所有美丽的东西。可是今天老婆婆告诉我,花园还缺少三样东西:生命水、唱歌树和说话鸟!"

"别发愁了,妹妹,我去找那些神奇的东西,"大哥说着递给她一把刀,"我把这把刀插在墙上,如果刀滴血,说明我已经死了。"

年轻的小伙子骑马走了很长一段路,最后来到一座山下。山脚下长着一棵高大的橡树,橡树下面坐着一个老头。他的头发、眉毛和

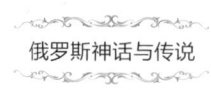

胡子又密又长，长到地上又插进了地里，可怜的老头根本走不了。

"你好，老人家。"小伙子和他打招呼。

"你好，欢迎啊。"老头回答。

"请问您知道有没有可能得到生命水、唱歌树和说话鸟呢？"

"有可能，但是并不容易，很多人都去找，但是都没回来。"

小伙子和善良的老头道别后开始爬山，就在他快到山顶的时候，身后传来恐怖的尖叫声和笑声："让他停下，抓住他，杀死他！"

小伙子转头想看看发生了什么事情，立刻变成了一块石头。

与此同时，家里的刀滴下了一滴血。得知大哥已经死去，女孩开始哭泣。

于是二哥决定出发寻找那些神奇的东西，即使找不到，至少也可以打听一下大哥的下落。

他也遇到了那个老头，和老头聊了几句后就开始爬山。和大哥一样，他听到身后的尖叫，回头看时，也变成了石头。这一刻，刀子又滴下了另一滴血。女孩知道她的两个哥哥都去世了，世上只有她孤零零的一个人了。

现在她失去了两个哥哥，感到十分孤独，在家里无事可干，她决定自己去寻找那些神奇的东西。

当遇到那个头发、眉毛和胡子都长进土里的老头，女孩拿出剪刀，剪断了那些毛发，让老头重获自由。

"谢谢你，好姑娘，"老头说，"我在这儿坐了三十年了，没有人想到剪断我的头发，只有好心的你帮我剪断了它们。你去哪里，美丽的姑娘？也许我能帮上你。"

小女孩告诉了老头她要找的东西。

"既然这样，美丽的姑娘，那你就出发吧，到那边的山上去，"老头对她说，"你很快会听见刺耳的尖叫声和笑声：让她站住，抓住她，杀死她！不要理会，看在教皇的面上，千万不要回头，否则就会立刻变成石头。到达山顶后，你就能看到一口盛满生命水的井，还有唱歌树和说话鸟。回来的路上，你会看见很多石头，一定要用生命水浇这些石头。"

女孩感谢了老头的建议，爬山去了。很快，她就听到了可怕的叫声和笑声，可是她没有回头，最后终于安全到达山顶。她找到了那口井，用小瓶装满了神奇的生命水。

随后她走近一棵参天大树，很多鸟儿在树上唱歌，她折下了一根树枝；最后她看到了说话鸟，带上它往回走。路上她用生命水浇了所有散落的石头，这些石头立即动了起来，恢复了人形，其中两块石

生命水、唱歌树与说话鸟

头变回了她的两个哥哥,三个人一起开开心心地回家了。

沙皇很快得知有户人家住着一个美丽的女孩。她一笑,四周撒满花朵;她一哭,美丽的眼睛里就会流出珍珠,而不是眼泪。

沙皇去见女孩,被女孩的美貌吸引了。他也非常欣赏花园中心那棵枝繁叶茂的参天大树。五颜六色的小鸟在树上蹦来蹦去,不停地歌唱,所以树枝上总能传来美妙的歌声。

说话鸟开始说话了,沙皇吃了一惊。它告诉沙皇,这些年轻人就是他失散多年的孩子,并把事情的经过都告诉了他。沙皇立即回到皇宫,下令把那根石柱打开。哇!皇后活着走了出来,和从前一样美丽。从此以后,他们一直过着幸福的生活。

金 鱼

从前，在大海中心有一座孤岛，岛上有一个快要倒塌的小破屋，屋里住着一对老夫妻。他们一贫如洗，只能靠老头织网打鱼为生。一天，老头撒网下去，发现渔网变得非常沉，拉都拉不动。老头很开心，心想肯定网住了很多鱼，可是当他把网拖上岸，才发现网里是空的，只有一条小鱼被困在网中挣扎。不过这条鱼不是普通的鱼，它全身金色，并用人的声音乞求道："老人家，别抓我，最好放我回大海，以后我会对你有用的：你想要什么我就能给你什么。"

渔夫很可怜它，对它说："我什么都不要，回到海里去吧，你重获自由了！"说完把金鱼扔回海里就回家了。

"捕到很多鱼吧？"老太婆问道。

金 鱼

"只抓到一条小金鱼,但是我把它放回大海了。因为它乞求我,如果放了它,就给我任何我想要的东西。我看它可怜,什么也没要,就放了它。"

"你这个蠢货,"老太婆大叫,"天上掉馅饼你都不知道去捡!"老太婆非常生气,从早骂到晚,一刻不让老头安宁,她一直唠叨:"你至少应该向它要一片面包,我们就要没吃的了!"

最终,老头实在忍受不了没完没了的抱怨,于是到海边想找点吃的。他来到海边大叫道:"小鱼儿,小鱼儿,用尾巴立在海里,头朝向我!"

金鱼游到岸边,问:"老人家,你想要什么?"

"我的老太婆冲我发脾气,她想要面包。"

"别烦了,回家吧。老人家,你会有很多面包。"

老头回家了。"怎么样,老婆子,"他问道,"我们有面包了吗?"

"虽然有很多面包了,但是还是有麻烦,"她抱怨道,"洗衣盆裂了,用什么洗衣服啊?你去找金鱼要一个新的来。"

于是老头回到海边,又大叫起来:"小鱼儿,小鱼儿,用尾巴立在海里,头朝向我!"

金鱼游出水面,问:"老人家,你想要什么?"

金 鱼

"我的老太婆让我向你要一个新的洗衣盆。"他回答。

"很好,如你所愿。"

老头还没有到家,老太婆就跑向他大叫:"快去!再朝金鱼要一幢新房子,我们的小屋太破了,马上就要塌了,根本没法住下去了!"

老头来到海边,像之前一样召唤金鱼。金鱼浮出水面,尾巴立在海里,头朝向老头,说:"老人家,你还想要什么?"

"我想让你给我们盖一幢新房子。我的老太婆总是唠唠叨叨,不让我有半刻安宁。她说不想住在这个又老又破的房子里,它很快就要塌了。"

"别担心,老人家,你回家后向上帝祈祷,一切都会有的。"

老头回家时大吃一惊,原来的小破屋不见了,现在是一幢华丽的新木屋,连门窗都精雕细刻。每个房间的角落都有一座镶着金银的大圣像,圣像前面挂着一盏点燃的小灯,就像节日一样。橡木的墙壁装饰着沙皇及其家人的画像。屋子的一半空间都被一个大炉子占据,炉火熊熊燃烧。桌上光亮的大茶壶正在吱吱作响,似乎不用开水泡茶,它很生气一样。老头看着眼前的一切,开心得心怦怦跳,他想老太婆这回应该满意了,不会再抱怨了吧。然而老太婆又在远处大叫

金　鱼

了:"你这个傻瓜,好运来了都不知道怎么用。你以为我有了新房子住就满足了吗?不!你回去找金鱼,告诉它我不想再当穷农民的妻子了,我要成为一个将军的夫人,受到所有人的尊重和膜拜。"

于是老头又来到了海边,说:"小鱼儿,小鱼儿,用尾巴立在海里,头朝向我!"

"老人家,你还想要什么?"金鱼游到岸边问。

"我的老太婆发疯了,她不想再当朴实的农民,想做将军夫人。"

"很好,"金鱼回答,"回家吧,不用烦恼,做个祈祷,一切都会如愿的。"

老头回家后,发现原来的木屋不见了,取而代之的是一栋漂亮的三层石头房子,房子周围是宽阔的院子,院子里很多仆人忙忙碌碌,厨房里传来锅碗碰撞的声音,是厨师正在准备丰盛的餐食。老太婆坐在一把椅子上,身上穿着绸缎衣,头上戴着一顶镶嵌着亮珠和丝带的帽子,正在对着仆人们发号施令。

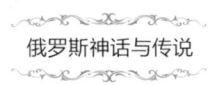

"早上好啊,老太婆!"老头开心地说。

"你怎么还敢叫我老太婆?"她叫道,"我已经是一个贵妇人了。来人啊,把这个老头关到马厩里去,狠狠抽一顿,让他知道应该怎样对主人说话!"

仆人们立即跑过来,把可怜的老头拖到马厩中,按照老太婆的命令惩罚了他。此后,老太婆让他做看门人,命令仆人给他一把扫帚,让他打扫院子,只允许他在厨房吃饭睡觉。可怜的老头不得不忍受这难熬的日子。

"真是不知感恩!"老头想,"我做的一切都是为了让她开心,可是她却不愿承认我是她的丈夫!"

过了一段时间,老太婆厌倦了做贵妇,于是命人把她的丈夫带到面前,对他说:"你这个傻瓜,快去找金鱼,告诉它我不想做将军夫人了,我要做女皇!"

于是老头走到海边,喊道:"小鱼儿,小鱼儿,用尾巴立在海里,头朝向我!"

金鱼游向岸边,问他还想要什么。

"唉,小金鱼,我那个老太婆越来越疯了,她厌倦了当将军夫人,居然想自己做女皇!"

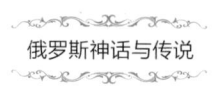

"别发愁,老人家,一切都会如愿,回家祈祷吧!"金鱼回答。

当老头回到家后,惊奇地发现一座非凡的金顶宫殿出现在眼前,取代了原来的大房子。宫殿周围,带枪侍卫正在巡视。宫殿后面是一座非常壮丽的大花园,花园前有一片宽阔的草坪,军队在这片草丛中集结。老太婆打扮得像女皇一样,身穿装饰着金色丝带的红色丝袍,披着长长的金色锦缎下摆。几个小男孩跟在她的身后,身着与老太婆相匹配的红色衣服,头戴插了金翎的三角帽,牵着老太婆那条长长的金色锦缎下摆。女皇脖子上戴着珍珠项链,手上和丝袍的腰围上缀着名贵的宝石。她带着将军和大臣们,威严地来到阳台上开始检阅军队。一时间军鼓嘹亮,军乐悠扬,士兵们高呼:"万岁!"

这样的日子过了一段时间,老太婆每天锦衣玉食,寻欢作乐。最后她又开始厌倦这种生活,想再做一些改变,于是她命令随从去找老渔夫,把他带来见她。这引起了一阵骚乱,将军大臣们到处寻找老头。"老头长什么样啊?"甚至没人知道他的模样。最后有人在后院找到了他,把他带到女皇面前。

"听着,傻瓜,"老太婆对他说,"去找金鱼,告诉它我当够了女皇,现在要做大海的主宰,所有的海洋、所有的鱼儿都要听命于我!"

金 鱼

老头向老太婆讲道理,说她已经得到了一切权力和富贵,要懂得感恩和知足。但是他的妻子根本听不下去,坚持让他去找金鱼。

"如果你不去,我马上让你这固执的脑袋搬家!"

老头心痛地来到海边,喊道:"小鱼儿,小鱼儿,用尾巴立在海里,头朝向我!"

金鱼没有出现。老头又喊了一遍，金鱼还是没有出现。他喊了第三遍，突然巨浪翻滚，怒涛汹涌地拍打着海岸，平静清澈的海水几乎变成了黑色。随后金鱼游到了岸边。

"老人家，你还要什么啊？"

"我那个老太婆完全疯了，她不想做女皇了，要做所有海洋的主宰，让所有鱼儿都听命于她！"

金鱼什么也没说，转身消失在黑色的海浪中。老头回去后，简直不能相信自己的眼睛！他揉了又揉，来回又走了一遍。不！这是真的，宫殿不见了，恢复了以前的样子：原来的地方只有一座小破屋，窗户上破旧的玻璃用纸糊着，陈旧的稻草堆满歪斜的屋顶。小屋看起来破破烂烂，向一边倾斜着，似乎很快就要塌了。门口趴着一只忠诚的老狗，看到主人来了，开心地叫起来。老太婆衣衫褴褛地坐在屋里的木板凳上。

夫妻俩又过上了以前的日子，渔夫继续打鱼，可是不论撒多少次网，都再也没有见到小金鱼。

伊凡与神奇马

很久以前，在某个沙皇统治的国家中，住着一个老农民和他的妻子，他们一直没有孩子。想到死后没人继承香火，夫妻俩非常伤心，于是开始向上帝祈祷，希望能在晚年赐给他们一个孩子。老头发誓：如果上帝赐给我们一个孩子，那么我就让在路上遇到的第一个人做他的教父。

日子一天天过去，老夫妻真的有了一个小儿子。老头欢天喜地，立即出去找教父。他刚出门，一驾四匹马拉着的马车就朝他飞驰而来，车上坐着沙皇。老头不认识沙皇，以为他是普通的贵族，便拦住马车并鞠躬。

"你想要什么，老人家？"沙皇问道。

伊凡与神奇马

"我想请您帮个忙，您能做我新出生儿子的教父吗？"

"为什么，你在村里没有别的朋友吗？"

"我有很多朋友和熟人，但是我不能让他们做我儿子的教父，因为我发过誓：要让遇到的第一个人做我儿子的教父。"

"很好！"沙皇说，"这是给孩子洗礼的一百卢布，我明天会再来。"

第二天，沙皇来到老头家里，立即找来牧师，给孩子做了洗礼，并给他起名叫伊凡。

伊凡渐渐长大。他不是一天一天成长，而是时时刻刻都在成长，就像炉膛里的面团揉进鲜酵母一样膨胀了起来。他每个月都能收到沙皇给的一百卢布。

十年过去了，孩子长得十分高大，开始意识到自己拥有神奇的力量。这时，沙皇记起了他："我还有一个教子呢，但是他现在怎么样，过得好吗？我一无所知。"沙皇决定亲自接见他，于是立即下令把那个叫伊凡的农民儿子带来见他。

老父亲开始为伊凡收拾行装，拿出一些钱对他说："这是一百卢布，到城里买匹马，路途遥远，光靠双脚走路是不行的。"

伊凡去城里的路上遇到了一个老人。"早上好，农民的儿子伊

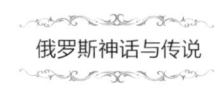

凡,你要去哪儿啊?"

"我去城里,老人家,去买一匹马。"

"好吧,如果你想快乐的话,请听我的建议。你到了马市,会看见一个农民售卖一匹非常可怜的瘦马,就买这匹马,卖主要多少钱就给他多少钱,不要讨价还价!买好后就回家,在新鲜露水尚存时喂它吃草,喂养十二个夜晚和清晨,这时你就会发现它的价值了。"

伊凡谢过老者的建议,进城去了。在马市,正如老者所说,他看到一个农民牵着一匹瘦弱的小马。

"这匹马卖吗?"伊凡问道。

"卖。"

"多少钱?"

"一百卢布,少一分都不行。"

农民的儿子伊凡掏出一百卢布递给他,牵着马回家了。他父亲看到这匹马大吃一惊,大叫道:"哎呀,买这种东西真是糟蹋钱啊!"

"父亲,请少安毋躁,这匹马兴许会变好的。"

于是,伊凡每天清晨和夜晚都牵着马儿到绿草地上吃草。过了十二个日夜,那匹马变得高大威猛,似乎只有在童话里才能见到。它非常聪明,伊凡在想什么,它马上就能知道。于是,农民的儿子伊凡

穿上坚实的盔甲，给马套上马鞍，向父母道别后，就出发去见沙皇了。路究竟多远，马儿到底多快，我们不得而知，最终伊凡到达了皇宫前面。他跳下马，把缰绳拴在一根橡木柱子的环上，让使者通报沙皇：他来了。沙皇下令不得阻拦，让他立刻进宫。伊凡踏进沙皇的宫殿，在圣像前做了祈祷，然后朝沙皇深深鞠了一躬，说："沙皇陛下，祝您身体康健！"

"早上好，我的教子！"沙皇说完让伊凡坐在桌边，用各种饮料和糖果款待他，同时沙皇也非常欣赏这个小伙子，心想："这小伙子英俊潇洒，又有头脑，身材魁梧，没人相信他只有十岁，大家都认为他二十岁，甚至更大。据我判断，上帝赐给我的教子，定非等闲之辈，一定会是英雄。"于是沙皇慷慨地赐予他一个官衔，命他留下来做事。

农民的儿子伊凡对他的差事尽心尽力，从不拒绝任何任务，而且从不说谎。所以比起将军大臣们，沙皇更加宠爱他的教子，对他无比信任。那些将军大臣心中嫉妒之火燃烧，十分忌恨年轻的教子，于是密谋如何在沙皇面前诋毁他。恰巧沙皇邀请一些他最要好、最高贵的朋友来参加宴会，当宾客入席后，沙皇便问他们对他的教子印象如何。

伊凡与神奇马

"哦,沙皇陛下,我们能说什么呢,他与我们并无任何利害冲突,不过我们看不惯的一点就是他太爱吹牛了。我们不止一次听他说在一个遥远的国度,有一座大理石宫殿,宫殿的四周是高大的城墙,任何人都无法步行或骑马进入宫殿。宫殿里住着美丽的娜丝塔西嘉公主。没有人能得到她,但是伊凡却公然吹牛说他能穿过城墙,娶公主为妻。"

沙皇听信了这些谎言,把他的教子召唤进宫,对他说:"我听说你在我的将军大臣面前吹牛说你能得到娜丝塔西嘉公主,你怎么之前从未向我提起?"

"噢,沙皇陛下!我做梦都没想过这种事情!"

"现在说这些太晚了。我的规矩是,谁要是吹牛,那就一定要兑现,否则就叫他的脑袋立即搬家!"

伊凡垂头丧气地去找他的好朋友马儿,让他大吃一惊的是,马儿竟然对他说人话了:"怎么了,我的主人?把你的烦心事和我说说吧。"

"唉,我的好马儿,我怎么能开心得起来呢?他们在沙皇面前造谣,说我吹牛能娶到美丽的娜丝塔西嘉公主为妻。沙皇听后要求我兑现我所说的事情,否则就要砍了我的脑袋。"

伊凡与神奇马

"不用担心，我的主人，别发愁了，赶紧做完祷告上床睡觉，清晨时光比夜晚更让人兴奋。我们一定能完成任务，只要你让沙皇多给你一些钱，这样我们在路上就会很开心，不至于食不果腹、流浪街头了。"

伊凡整夜睡得都很香，他一早起来去见沙皇，恳请沙皇多给他一些钱做路费。沙皇下令，他要多少就给多少。于是小伙子带着钱，给马套上厚重的盔甲，骑上马就出发了。

伊凡和马儿一路风雨兼程，到达了遥远的国度，最终停在了大理石宫殿前。宫殿四周围着九道高墙，连一个门都看不见，他怎么进去呢？马儿看到伊凡犹豫不决，对他说："主人，我们等天黑，天一黑我就变成一只蓝翅鹰，驮着你飞过城墙。那时候美丽的公主正在睡觉，你可以大胆地走进她的房间，轻轻抱起她，悄无声息地把她带走。"

伊凡不安地等待黑夜的来临。最后，期盼的暮色终于笼罩下来。黑暗刚刚遮住一切，马儿立刻摔倒在地，说："是时候开始工作了，小心行事，不要出差错！"说完，它就变成了一只蓝翅鹰。伊凡骑在鹰背上，来不及惊讶，这只大鸟就驮着他冲向云霄，越过大理石宫殿的围墙，降落在一个宽敞的大院里。小伙子走进宫殿，穿过许多

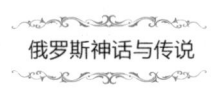

房间。他的心脏狂跳，不是因为害怕，而是因为对这次冒险的期待。周围一片漆黑，悄无声息，仆人们都在熟睡。伊凡走进公主的房间，看到美丽的娜丝塔西嘉公主正在华丽的床单和貂皮被中沉睡。房间中童话般的少女让年轻人的爱情火焰熊熊燃烧，他无法控制自己，亲吻了公主。公主惊醒，大声呼叫。她的女仆们立刻跑进来抓住了这个入侵者，绑住他的手脚，把他关进了牢房。

按照公主的命令，每天只能给他一杯水和一磅面包。一想到余生可能都要在这阴暗的牢房中度过，伊凡非常沮丧。但是他的好朋友，那匹勇敢的马儿变成了一只小鸟，穿过牢房的窗洞，对他说：

"听着，亲爱的主人，明天我会把牢房的门撞破，让你恢复自由。你必须藏在花园的树丛后面，当美丽的娜丝塔西嘉公主经过那里时，我会变成一个老乞丐向她乞求帮助。你一定不能错过这次机会，否则一切真的完了。"听完这些，伊凡重新打起精神，小鸟便消失了。

第二天，马儿信守诺言，用尽全身力气撞击牢房的大门，用马蹄踩碎门扇。伊凡跑到花园里，躲在一簇绿色树丛后面。没多久，美丽的娜丝塔西嘉公主经过树丛时，一个老头拦住她，给她鞠了一躬，老泪纵横地向她乞讨。当她从钱包掏钱的时候，伊凡从藏身处跳出来

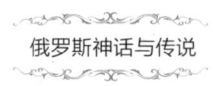

抱住她，并堵住她的嘴，让她不能呼叫。老头瞬间变成一只蓝翅鹰，驮着公主和它的主人飞向天空，越过高墙，安全着陆后，又变回了英勇的马儿。伊凡骑上马，让公主坐在他前面，对她说："怎么样，美丽的公主？现在你再也不能把我锁在牢房里了。"娜丝塔西嘉回答："我和你的缘分看来是天注定了，你想怎样就怎样吧。"

路究竟多远，马儿到底多快，我们不得而知，最终他们到达一大片绿地上。绿地上有两个巨人，正挥舞着拳头激烈地打斗，两人都血迹斑斑，但是谁也不肯罢休。不远处的地上放着一把铲子和一根拐杖。"听着，好人们，"伊凡说道，"你们为什么打斗？"两个巨人听见问话，停止了打斗，回答道："我们是兄弟，父亲去世的时候只留给我们一把铲子和一根拐杖，其他什么都没有。我俩都想独占这两样东西，所以决定斗个你死我活，胜利者才能拥有这两样东西。"

"你们打斗多久了？"伊凡问道。

"已经斗了快三年了，还是没完没了。"巨人们回答。

"现在告诉我实话，巨人先生们，为了一把铲子和一根拐杖，值得你们斗得头破血流吗？不管谁赢了，最终获得的东西都少得可怜。"

"兄弟，话不能这么说，你还不知道具体情况。这个铲子和拐杖

伊凡与神奇马

可以所向披靡，不管敌人的军队多强大，只要勇敢策马迎战，在所到之处挥舞铲子，敌人就会纷纷倒下，再用拐杖一扫，他们就都成了你的俘虏。"

"是啊，这么说这两样东西还真有用，"伊凡想，"我觉得它们更适合我。"于是他大声说道："好人们，如果你们愿意，我帮你们公平分配这两样东西。"

巨人欣然接受了他的建议。于是伊凡跳下马，抓起一把细沙，带着巨人来到森林里，把沙子撒在了地上。

"现在，你们把沙子捡起来，"伊凡说，"谁捡得多，谁就能继承铲子和拐杖两样东西。"

两个巨人都迫不及待地按照他的要求去做。这时伊凡拿起铲子和拐杖，骑上马儿很快消失了。

没过多久，他回到了自己的国家，发现他的教父正处在麻烦之中。强敌入侵，敌军强大的部队在城门外叫嚣，扬言烧毁一切，并把沙皇处死。伊凡把公主留在附近的森林中，像风一样冲出去营救沙皇和国家。不管跑到哪里，他都挥舞着铲子把敌人杀得片甲不留。很快他就杀死了成百上千的敌人，那些死里逃生的敌人都被拐杖扫进了监狱。你可以想象沙皇在迎接伊凡时狂喜的心情。他命令号手向全城宣

伊凡与神奇马

告伊凡已经凯旋,并且授予伊凡将军的头衔,赏赐他无数金银珠宝。

这时,伊凡想起了美丽的娜丝塔西嘉公主,把她带进皇宫。公主讲述了伊凡英勇无畏的事迹,沙皇表扬了伊凡,并让他为新娘准备一座漂亮的宫殿。伊凡与美丽的公主结婚了,从此过着幸福的生活。

富翁库兹马

从前,有一对老夫妻,他们只有一个傻儿子。

一天老妇人说:"生了这个傻儿子,我们真是什么光都借不上。老头子,我们别管他了,和他分开过吧。他想怎么过就怎么过,想去哪儿就去哪儿。"

于是他们给了可怜的库兹马一只公鸡和五只母鸡,把他打发走了,让他随心所欲,想去哪儿去哪儿。傻瓜不停地走啊走,穿过树林和野地,攀上高山,越过峡谷,直到到达一片茂密的森林。在这片森林里,他发现一个没人住的黏土小屋,于是大胆地走进去,爬上一个巨大的炉台开始呼呼大睡。

第二天,库兹马出去找吃的。他刚走,一只狡猾的狐狸跑来,

富翁库兹马

看到小屋前咯咯叫的母鸡,便抓了一只,叼着跑了。

库兹马一整天都在打猎,但是动物们都躲着他,一天下来依然一无所获。他晚上回到小屋,又累又饿,想炸一只父母送他的母鸡当晚饭,但是见鬼了,他发现那只最肥的母鸡竟然不见了。

"今天运气太差了,我猜一定是老鹰偷走了我最肥的那只母鸡,"年轻的小伙子想,"没别的办法了,只能宰了另外一只母鸡填饱肚皮了。"

第二天,库兹马又出去打猎,路上碰见了狐狸。

"你去哪儿?"狡猾的家伙问道。

"我去打猎,找些食物填饱我的肚子。"可怜的傻瓜库兹马回答。

"好的,再见,库兹马。"狐狸说完,笑着跑开了,直奔库兹马的小屋,又捉了一只母鸡,把鸡头拧掉,当场吃了起来。

不久,库兹马回到家里,哎呀,又一只母鸡不见了。他开始怀疑是不是那只狡猾的狐狸偷了他的母鸡。于是第二天出门前,他把鸡都关在小屋里,钉死门和窗后,才像往常一样出门打猎去了。

狐狸再一次漫不经心地朝库兹马跑来。

"又去打猎啊,库兹马?"狐狸问道。

富翁库兹马

"是啊,狐狸,和平时一样去打猎。"库兹马回答。

他刚走远,狐狸便跑向了小屋。但是库兹马更狡猾,他沿另外一条路回家,比狐狸更早到了家。他藏在一棵树后,这样就可以观察发生的一切而且不被发现。狐狸跑到小屋附近,围着小屋兜了一圈,看看有没有门或窗可以钻进去,但是所有门窗都关得死死的,根本进不去,于是她静静地坐着陷入了沉思。

突然,她狡黠地一笑,爬上屋顶从烟囱钻了进去。这时,库兹马赶紧从藏身之处跑出来,迅速爬上屋顶,及时抓住狐狸毛茸茸的尾巴,把她从烟囱里拖了出来。

"哼,原来是你这个贼偷走了我最肥的鸡!你等着,小东西,我不会让你活着逃出我的手心!"

但是狐狸苦苦乞求库兹马放了她:"噢,不要杀死最聪明的狐狸,小库兹马,我会让你变成富翁库兹马,开心又富有。只要你放了我,再炸一只肥母鸡涂满黄油给我就行了。"

狐狸应允的条件太诱人了。库兹马为她准备了一顿丰盛的餐食,然后放她走了,让她去履行承诺。

于是狐狸跑去找火沙皇和闪电皇后,他们有一个漂亮的女儿——潇洒的公主。狐狸舔干净自己的衣服,让自己看起来非常体

面,然后走进皇宫,深深地鞠了一躬:"尊贵的陛下,向您致以我最崇高的敬意!我这次来见您,是来当红娘的。您有一个漂亮的女儿,而我认识一个年轻有为的小伙子,他就是富翁库兹马。"

"他在哪儿?为什么不亲自来?"沙皇和皇后问道。

"他来不了,因为他一个人治理国家,根本无暇外出。"狡猾的狐狸回答。

"好吧,那就让他先送礼物过来,我们到时候看看他能否配得上我们的女儿。"他们说。

狐狸开始往树林里跑,路上遇见了一只斜眼野兔。野兔问她:"狐狸太太,你从哪儿来啊?"

"说实话,我刚从尊贵的火沙皇和闪电皇后那里大吃了一顿。"她回答。

"你听他们提到我们野兔了吗?"

"当然,我确实听到了,"狡猾的狐狸回答,"他们正在为你们准备一场奢华的宴会,时间就是明天。只要你能集齐七十只野兔,我就能给你们指路并带你们去皇宫。"

第二天,七十只野兔蹦蹦跳跳来到狐狸面前大叫:"我们来了,狐狸太太,快带我们去参加火沙皇和闪电皇后款待我们的宴会吧!"

狐狸让它们排好队，带它们来到皇宫前，说："尊敬的火沙皇和闪电皇后，新郎命我给您送来一份薄礼，希望您二位能够接受这七十只野兔。"

那些野兔立马被带走关进了一个大笼子里。狐狸再一次回到树林里，看见一匹大灰狼迎面走向她，便对它说："嗨，灰狼，相信我，我刚刚饱餐一顿，撑得都走不动路了。你明天也会受到这样的款待，沙皇和皇后已经下令准备盛大宴会招待全森林的狼，快去召集你的兄弟们，我带你们去皇宫。"

灰狼开心极了，赶紧跑去召集它的兄弟们，最后一起被狐狸带到了皇宫。

"尊贵的沙皇陛下，请接受富翁库兹马的一点儿心意——八十匹灰狼。"

沙皇谢过狐狸，便下令将狼锁在皇家马车房里。没过几天狐狸又用同样狡诈的方式骗来了九十头熊，把它们作为富翁库兹马的礼物送给了沙皇。最后她乞求道："最尊贵的陛下，富翁库兹马命令我给您深深地鞠躬，希望您能借他一个测量银子的工具，因为他自己的工具已经被金子占满了。"

沙皇非常惊奇世上竟有如此富有之人，便命令仆人拿给狐狸她

富翁库兹马

想要的东西。当狐狸来还工具时,故意在工具的边上粘了几枚银币,让沙皇对她的话深信不疑。于是沙皇说:"新郎送来这么多礼物,我很想叫他来见个面,看看能不能把这门婚事定下来。"

狐狸赶紧跑到库兹马的小泥屋,让他去觐见陛下。可怜的小伙子却为没有像样的衣服见沙皇而发愁。

"什么都不用担心,库兹马。"狐狸说完,跑到一座正在修理的桥上,她买通了修桥工人,让他们在修桥的时候弄错一些尺寸。当库兹马飞快地走到桥上时,连人带桥全部掉到了水里。

狐狸开始大声呼救:"救命啊!救命啊!富翁库兹马掉到河里啦!"

这座桥就在皇宫附近,沙皇的仆人听见呼救声跑过来救人。他们把库兹马从水里拖出来,因为他身上的衣服都湿透了,便给他换上了一身华丽的新衣,然后带他去见沙皇。沙皇和皇后都很喜欢他,几天后就举行了盛大的婚礼和宴会。这样在皇宫开心地过了两三个星期,沙皇说:"好女婿,是时候带我们去见见你的王国,欣赏一下你的财富了,我们今天就出发吧!"

库兹马无能为力,他不敢违背沙皇的命令,于是套上马,备好马车就出发了。狐狸跑在他们前面,看到一大群羊。

"嗨,牧羊人,"狐狸问道,"你在给谁放羊?"

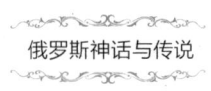

"这是沙皇兹米欧连的羊群。"牧羊人回答。

"你必须说这是富翁库兹马的羊群,不能提沙皇兹米欧连。因为火沙皇和闪电皇后马上要经过这里,如果你不按照我说的做,他们就会把你和羊群活活烧死!"

牧羊人发现情况危急,便答应了。

狐狸随后又遇到了一大群猪,她告诉猪倌,要说这群猪属于富翁库兹马,否则会遭到火烧和电劈。猪倌只好答应了她的要求。接着狐狸又遇到了牛群、马群和骆驼群,她让所有的放牧人都说这些牲畜是富翁库兹马的。最后,狐狸跑到沙皇兹米欧连华丽的宫殿,气喘吁吁地说:"快跑吧,兹米欧连沙皇,尽快躲起来!愤怒的火沙皇和邪恶的闪电皇后已经像风一样快地杀过来了,所到之处一片废墟,他们已经烧死了您的牲畜和放牧人。我不敢耽误片刻就跑来通知您。哎呀,我差点被烟熏死!"

沙皇兹米欧连吓得瑟瑟发抖,说:"小狐狸,我应该藏在哪儿啊?"

"花园中心那棵橡树是空心的,快去躲在里面。等到火沙皇走了,一切恢复平静,我再叫你出来。"

沙皇赶紧按照狐狸所说躲在了树里。

这时,库兹马正带着妻子和岳父骑马向皇宫行进。他们经过羊

富翁库兹马

群,年轻的妻子问道:"你好,牧羊人,请问这群羊的主人是谁?"

"是富翁库兹马,仁慈的公主。"牧羊人回答。

沙皇很高兴,说道:"女婿啊,你真有这么多羊啊!"

随后他们又遇到了猪群、马群、牛群、骆驼群,所有的放牧人都说这些牲畜是属于富翁库兹马的。沙皇和皇后都为女婿拥有如此多的财富而开心不已。

最终他们到达了沙皇兹米欧连华丽的宫殿。狐狸出门迎接,并带领他们参观宏伟的殿宇和花园,随后坐下来大摆筵席,吃吃喝喝,嬉笑打闹,好不开心。接着他们又到花园去做游戏,狐狸建议玩射箭游戏,箭靶就是沙皇兹米欧连藏身的那棵老橡树。他们的箭正好射穿了树身,于是,世上再也没有沙皇兹米欧连了。

库兹马统治了这个美丽富饶的国家,在那里度过了愉快的一生。狐狸也过得非常快活,她可以随心所欲地吃肥鸡,想吃多少就吃多少。

灰鸭公主

很久很久以前，世界上都是各种精灵、美人鱼和邪恶的女巫，河里流的是牛奶，河岸是由布丁堆砌的，炸鹧鸪在树林上空飞翔。那时有一个沙皇和皇后，他们有一双儿女，女儿叫玛丽亚公主。小公主非常爱他的哥哥德米特里，尽管她有很多保姆和仆人服侍，但是谁都没办法哄她入睡。她躺在床上哭闹不肯睡，直到她的哥哥走进来，用甜蜜的调子给她唱歌。哥哥坐在她的床边，唱着温柔甜美的催眠曲：

"噢噢噢，小妹妹！

噢噢噢，我的小宝贝！

等你长大了，

我会让你嫁给一个英俊潇洒的小伙子，

他就是伊凡王子！"

小女孩听着听着就慢慢地闭上眼睛睡着了。

许多年过去了，德米特里王子去拜访他的好朋友伊凡王子。他们共处了三个月，在美丽的森林里游戏散步，读书作诗。临走时，他邀请伊凡王子回访他的国家。

"好啊，"伊凡王子说，"我很快就会去拜访。"

德米特里王子回家后，妹妹送给他一幅自己的画像，他把画像挂在了床头。玛丽亚公主美丽极了，任何人都百看不厌。

伊凡王子很快就来了，他等不及通报，就直接走进了德米特里王子的房间，看见小伙子正躺在床上熟睡。伊凡王子一看见玛丽亚的画像就爱上了她，他想这女孩一定是德米特里王子的心上人，于是拔出宝剑，高高举起，准备杀死德米特里王子。但是神明是不允许这种邪恶不公的事情发生的。千钧一发之际，德米特里王子像被人叫醒一样，惊醒了。

"你想干什么？"

"我要杀了你！"伊凡王子回答。

"为什么，伊凡王子？"可怜的小伙子大叫着问道。

"画像里的美人是你的心上人吗？"

灰鸭公主

"不是啊，她是我妹妹玛丽亚公主。"德米特里王子回答。

"哦，你之前怎么没和我提起过，没有她我一刻都活不下去了。"

"那你为什么不娶她为妻呢？这样我们既是好朋友，又是兄弟了。"德米特里说。

伊凡王子非常开心，因为他得到了德米特里王子美丽的妹妹。于是伊凡王子拥抱亲吻了德米特里王子，他们很快就把这门婚事定了下来。

伊凡王子开始着手准备这场婚礼，德米特里王子则开始为妹妹的航行做准备。因为根据那时俄国的习俗，新娘在结婚前必须去拜访未婚夫和他的家属。两艘船驶离陆地出发了，哥哥和他的随从在一艘船上，玛丽亚公主和保姆以及保姆的女儿在另一艘船上。当船驶入大海深处，周围茫茫一片，除了海浪的汹涌和海水拍打船舷单调的声音，其他什么都听不见。这时保姆对玛丽亚公主说："小姑娘，把你漂亮的裙子脱下来吧，这样躺下你会感觉很舒服！"

公主听了保姆的话，刚要躺下，保姆就在她雪白的肩膀上轻轻一拍，公主立马变成了一只灰鸭，展开翅膀飞向蓝天，在蔚蓝的大海上翱翔……保姆让她女儿穿上了公主贵重的衣服，但是这个女孩一点

灰鸭公主

儿都不漂亮,更没有公主那种天生的高贵气质。漂亮的黄色丝袍穿在她身上显得松松垮垮,笨拙地垂着褶皱。作为仆人,她从不习惯穿鞋,那双小巧的黄色缎面拖鞋把她的脚都弄伤了。花边短袖下露出的那双红色手掌既粗糙又丑陋。就这样,他们靠岸了,到达了伊凡王子的国家。

伊凡王子一看到两艘华丽的大船靠近港口,就从宏伟的皇宫跑了出来,紧紧抱着心上人的画像。他因为太过匆忙欢喜,都忘了自己一直抱着画像。他见到了所谓的玛丽亚公主,噢,简直太失望了!新娘与画中的美人一点儿不像。年轻的王子非常生气,以为朋友欺骗了他,把怒气都撒在朋友身上。伊凡王子命令只要德米特里王子一上岸,便把他抓进监狱。

可怜的年轻人不知道自己做错了什么,也无法给自己申辩,就被关进了监狱,除了一块黑面包和一杯凉水,其他什么都没有。侍卫们日夜看守,他们得到命令,不许任何人踏入监狱一步。

度过漫长沉闷的白天、阴郁的夜晚,直到午夜,德米特里王子都无法入睡,坐着思考自己的厄运,并祈祷庇佑。这时,小灰鸭飞离大海,飞向她的哥哥。整个国家都被她周身散发的光芒点亮!小灰鸭挥舞着翅膀,光芒便像黄金雨一样从翅膀中散落,小灰鸭仿佛是一只

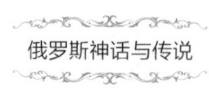

投射着耀眼光芒和星星的火球。她飞到监狱窗口，把翅膀挂在附近一颗小钉子上，走进了监狱。

"可怜的小哥哥，德米特里王子！你独自坐在这个可怕的监狱里伤心，除了干巴巴的黑面包和凉水什么都没有。但是小哥哥，我在蓝色的大海里游泳，遭受的灾难更加沉重。是那个可恶的保姆害了我们，她让我脱掉贵重的衣服，让她无耻的女儿穿。"

兄妹二人痛哭流涕。第二天一早，灰鸭重新装上翅膀飞向了大海。

流言迅速传播，很快传到了伊凡王子的耳朵里。

"尊贵的殿下，我们听说昨晚有一只灰鸭飞进监狱窗户，整个国家都被那只灰鸭的光芒照亮了。"

王子下令，灰鸭再来的时候，立即通知他。

午夜时分，大海波涛怒吼，但是灰鸭还是从海面飞上了布满繁星的夜空，整个国家都被她散发的光芒照亮。灰鸭晃了晃翅膀，光芒便像黄金雨一样倾泻下来。小灰鸭再一次来到了监狱窗边，将翅膀挂在钉子上，去找德米特里王子。

伊凡王子立即被叫醒，他急匆匆地赶到监狱，看到了小灰鸭的一对翅膀。他下令将翅膀烧毁，然后从窗口向里张望，想听一听兄妹二人的对话。

灰鸭公主

"我可怜的小哥哥,"玛丽亚公主说,"你坐在这阴暗的房间里,喝冷水、吃干面包,实在太惨了。而我在蓝色的大海里游泳,遭受的灾难更加沉重。是那个可恶的保姆害了我们,她让我脱掉贵重的衣服,让她丑陋的女儿穿……哥哥,你闻到什么东西烧焦的味道了吗?"

这时,伊凡王子打开监狱的大门走了进来,玛丽亚公主立即跑向窗口找她的翅膀,却发现翅膀已经烧毁了一半。伊凡王子抓住她白皙的小手,却惊恐地发现她开始变化成各种吓人的东西:最开始他发现自己抓着一对毛手,对面是一只龇牙冲他笑的小猴子;随后猴子变成了一只小狗,他抓的是一对狗爪;然后是一只长相凶恶的大熊,对着王子磨牙;忽然,一条巨蛇盘在他的肩膀上;随后他的手掌上出现了一只滑溜溜的小青蛙;最后他看到一架纺车静静地立在他的面前。

整个过程,王子一直压制着自己的恐惧和厌恶,没有让这些怪物离开自己的手掌。当他看到纺车出现,立即将其劈成两半,一半扔在身前,一半扔在身后,说:"我的面前是一个美丽的少女,我的后面长出一棵白桦树。"

话音刚落,他的后面长出了一棵高大茂密的白桦树,前面则站着美丽无比的公主。

灰鸭公主

  他们的喜悦溢于言表。伊凡王子恳求德米特里王子的原谅。三个人一起回到皇宫,第二天就在那里举行了盛大的婚礼。

  伊凡王子和玛丽亚公主结为夫妻,来宾们欢歌笑语,度过了非常美好的时光。而那个保姆和女儿被驱逐出境,再也没有人看见或听说她们。

魔镜

在一个国家里,住着一个商人,他是个鳏夫,有一双儿女和一个弟弟。一天,商人要离家出国做生意,他带着儿子一起,把女儿留给她的叔叔照顾。女儿是一个非常漂亮的小女孩,椭圆的脸蛋,粉嫩的脸颊,浓密的黑发编成粗粗的发辫甩在背后,微微上翘的小鼻子,弯弯的眉毛下面是一双爱笑的黑眼睛。她的内心和外貌一样美。可是她的叔叔为人很坏,他给女孩的父亲写信,写了很多关于女孩的坏话。父亲读完信非常生气,对他儿子说:

"我听说你的妹妹胡作非为,邪恶叛逆。你立刻骑马去杀了这个可恶的女孩,把她的心带回来给我。我不想让世人对我指指点点,说我教女无方。"

当年轻人赶到妹妹居住的村庄,他开始打听妹妹的为人,所有人都告诉他,他的妹妹是一个恬静听话的女孩,既敬畏神明,又尊重长辈善意的劝告。哥哥直奔妹妹的住处,女孩一见到哥哥就兴奋地跑过去,一边拥抱,一边亲吻,说:"亲爱的小哥哥,什么风把你吹来了,父亲还好吗?"

"唉,小妹,先不要高兴得太早!父亲派我过来杀你,带着你的心回去见他!"

可怜的女孩开始哭泣。

"噢,我的哥哥,父亲为什么如此残忍?"她抽泣着问。

于是哥哥告诉她,是叔叔写信恶意中伤她,不过他对信中的内容一个字都不信,他能证明她是无辜的。

"可是我知道,"他说,"我们现在和父亲说不清楚,所以你必须离开这里,到一个没人能找到的地方,至少神不会放弃你的!"

于是,女孩只好走了……

哥哥杀了一条狗,取出了狗心代替妹妹的心向父亲交差。

女孩跋山涉水,不知走了多久,最后来到一片茂密的森林里。黑暗阴沉的松树在她周围不祥地沙沙作响,阴暗的气氛偶尔被青翠的桦树细长闪亮的树枝打破。很快,她发现了森林里的一座白色大理石

魔 镜

宫殿，宫殿的四周围着电网。她小心翼翼地踏了进去，可是没有看到一个人。正要离开，两个勇猛的武士骑马来到院中，他们见到女孩便向她打招呼："早上好，美丽的姑娘！"

"早上好，诚实的武士！"

"嘿，兄弟，"一个武士对另一个说，"咱们正愁没人照顾我们的生活、打理我们的房子。瞧，上帝给咱们送来了一个小妹妹！"

于是，小女孩便留下和两个武士快快乐乐地过日子了。她给武士们做饭、整理房间，在武士们筋疲力尽回家的时候哄他们开心。

这时，她的父亲从国外回来了，娶了第二任妻子。他的新妻子美得无法描述，她有一面魔镜，不管什么时候照这面镜子，镜子都能告诉她世上正在发生的事情。

一天，武士们外出打猎，临行前叮嘱小妹："记住，我们不在的时候，照顾好自己，不要让任何人进来。"

这一刻，商人的妻子正在欣赏魔镜里的自己，她说："世上没有比我更美的人了！"

但是镜子却回答她："毫无疑问，您非常美丽，但是您有一个继女，现在与两个武士住在密林中，她比您还要美！"

继母听了魔镜的话，嫉妒之火在心中燃烧，便找来了一个老巫

魔 镜

婆，对她说："这是一枚戒指，带着它到密林中去，那里有一座大理石宫殿，我的继女住在那里，把我们的关爱带给她，就说这是哥哥给她的爱的信物。"

老太婆很快找到了宫殿，小女孩看见她，急切地奔过去想打听家里的消息。

"谢天谢地，家里一切都好，"老太婆回答，"我给你带来了家人的问候，还有哥哥送给你的戒指！现在你就能打扮得像个贵妇了。"

女孩高兴极了，带巫婆进了豪华的房间，用各种美味佳肴款待她，临别时真心真意地叮嘱，让巫婆务必替她亲吻哥哥。随后，女孩拿起戒指欣赏了起来，并把它戴在手指上，可是戒指刚刚戴上，她便倒地死去了。

武士们回到家，没见女孩出来迎接他们，很奇怪地问："不会出什么事了吧？"他们到她的房间查看，发现可怜的女孩瘫坐在椅子上，已经死去了。两个武士非常伤心，心想："死亡突然带走了我们最美好最珍贵的东西。"他们把她盛装打扮一番，装入棺材，看到女孩手上有一枚戒指，便摘下来想留作纪念。戒指刚刚摘下，女孩便长长地吐了一口气，睁开眼睛坐了起来，完全没事了。你能想象两个武士有多开心！

魔 镜

"妹妹,到底发生了什么?有人来看你吗?"他们问道。

"是的,"她回答,"我的一个朋友,是个老婆婆,她来看我,给我带来了家人的好消息和这枚戒指。"

"哎呀,妹妹你太任性了。我们叮嘱过你啊,独自在家的时候不要让任何人进来,以后千万不要忘了!"

不久,商人的妻子又照魔镜了,发现继女不但还活着,而且变得更加美丽。于是她又叫来老太婆,给了她一条丝巾,说:"再去一次我继女住的宫殿,把这个礼物送给她,就说是她的哥哥给她的。"

老太婆来到宫殿,把丝巾献给女孩后就回家了。女孩很喜欢这个礼物,可是刚把它系在脖子上,就倒在床上一命呜呼了。

武士们打猎回来,发现亲爱的妹妹死了,开始给她准备葬礼。可是当他们解开女孩脖子上的丝巾,女孩叹了一口气又复活了。

"又发生什么了,妹妹?那个老太婆又来看你了吗?"

"是啊,"女孩回答,"请原谅我,亲爱的哥哥,我实在忍不住想知道家里的消息!"

过了几天,继母再次询问魔镜,她惊恐地发现美丽的女孩还活着,于是她又叫来了老太婆:"这次你必须杀死她,我给你一根毒发,别再让我失望!"

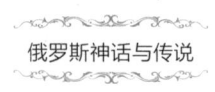

当女孩看见邪恶的老太婆来了,又奔过去问关于她哥哥和外面世界的消息。老巫婆临行前,女孩拜托她给哥哥问好。

"我会的,漂亮的小姑娘,"老太婆一边承诺,一边看向女孩的头发,说道,"可怜的孩子,现在没人给你梳头了,我来效劳好吗?"

"可以啊,老婆婆,我会很喜欢的。"

于是老太婆轻轻地梳着女孩美丽的黑发,偷偷地把继母给她的那根毒发编进了女孩的辫子里。女孩立即倒在她的脚下,死去了。老太婆急匆匆地逃走了。

武士们打猎回来,发现女孩死了,伤心欲绝。他们找了好久,看看有没有什么东西可以从她身上取下来,但是什么也没找到。于是他们放弃了让她复活的希望,做了一口漂亮的水晶棺材,华丽至极,甚至在童话故事中都难以描述或想象。他们把女孩打扮得像新娘一样漂亮,放进棺材,把棺材摆在大厅中央,上面挂着一个深红色天鹅绒质地的华盖,华盖上缀着钻石和黄金流苏。棺材周围立着十二根水晶柱,上面挂着十二盏圣像灯。

两个哥哥伤心地说:"现在我们怎么办呢?"妹妹死去了,他们简直活不下去了。

许多年过去了,有个王子来到这片密林打猎,他让猎狗四处奔

魔 镜

跑,自己与随从分开,独自骑马来到了一条杂草丛生的路上。他骑着马儿一路奔跑,最后来到一座大理石宫殿前。王子踏上台阶,走进豪华的宫殿。里面的一切都富丽堂皇,但是因为没人打理,看起来像是荒废了很久。其中一个房间摆着一口水晶棺材,里面躺着一位美丽绝伦、但是已经死去的少女。她的脸颊红润,唇边还带着微笑,像是睡着了一样。王子走近棺材,凝视着女孩久久不愿离去,仿佛有一种无形的力量把他束缚住了。他从黎明站到日落,目不转睛地看着她。眼前这个美丽的女孩,她的纯洁和天真深深地吸引了他。随从们找了他很久,又是吹号角,又是呼喊他的名字,但是王子一直站在水晶棺材旁发呆,什么也没听见。太阳落山,夜幕降临,这时他才从迷醉中清醒过来,亲吻了死去的女孩后依依不舍地骑马离开了。

"噢,尊敬的殿下,你究竟去哪儿了?"随从们问道。

"我追着一只猎物,然后迷路了。"他回答。

第二天天刚亮,王子又去打猎了。他很快就甩掉了随从,独自来到林中的宫殿。王子又站在水晶棺材旁欣赏了一天美丽的女孩,直到很晚才回家。第三天、第四天,整整一星期,王子每天如此。

"王子到底去哪儿了?"随从们很纳闷,"兄弟们,咱们要盯紧他,看他到底去哪儿了,免得他遇到什么意外。"

魔 镜

下一次王子再去打猎，随从们跟着他来到了宫殿，穿过房间，最后来到死去女孩的棺材旁。

"噢，殿下，现在我们知道这些天您失踪的原因了。我们也想整天待在这里！"

他们围在棺材四周，欣赏着年轻的女孩，直到天黑也不想走。这时，王子说："兄弟们，帮我一个忙，我会赏赐你们无数的金银珠宝。把这口棺材抬回去，放在我的房间，不要让任何人知道。"

"殿下，您尽管下命令，我们乐意为您效劳！"

于是棺材被抬进了年轻王子的房间。从那以后，王子忘了打猎的事，整天坐着欣赏美丽的女孩。

"我儿子怎么了？"皇后想，"整天躲在房间里，不让人进去，自从他迷恋打猎以后很少出现这种情况啊。难道是有什么痛苦的秘密或者是生病了？我必须去看看到底什么情况。"

她走进王子的房间，终于知道了一切。她立刻下令将这个女孩按照风俗礼仪下葬。年轻人伤心地跑到花园，为死去的女孩采摘美丽的鲜花。王子在为女孩梳头戴花时，那根毒发忽然掉落，美丽的女孩睁开了眼睛，长长地叹了一口气，从水晶棺材里坐了起来，说："噢，我睡了好长时间啊！"

王子欣喜若狂，拉着女孩的手跑到母亲面前："仁慈的上帝把她赐给了我，没有她我一刻都活不下去。尊敬的父亲母亲，请允许我与这个美丽的女孩结婚吧！"

"儿子，我们祝福你，"父母回答他，"我们不敢违抗上帝的旨意，这个举世无双的美人一定会让你幸福的！"

于是，快乐的王子就在那天结婚了。

黄金城

一只老鼠和一只麻雀和睦地在一起生活了三十年,他们所有的东西都平分。可是有一天,麻雀发现了一粒种子。

"怎么办,就一粒种子我应该怎么分?"麻雀想,最后决定不告诉他的朋友,自己吃了这粒种子。然而老鼠知道了这件事,不想再和麻雀一起生活,于是对他说:"我要报复,惩罚你的罪行!决斗吧,不是你死就是我亡!"

大战爆发,森林里所有的飞禽走兽都被卷进了斗争。一天,一只老鹰在战斗中受了伤,快飞不动了,便停在一棵橡树的矮枝上。

恰好这时一个乡下人在附近打猎,但是一无所获,于是他想:"我要射死这只老鹰,这样总比两手空空强。"

黄 金 城

他刚刚举枪对准老鹰，老鹰忽然对他说了人话："好人啊，不要杀我！"老鹰乞求道。

于是乡下人便放过受伤的老鹰，去寻找其他的猎物了，可是依旧一无所获。他又回到老鹰的身边，想射杀他。乡下人正准备扣动扳机，老鹰再一次乞求，于是他又一次放过了老鹰。但是乡下人饥肠辘辘，只好又回到老鹰旁边，这次他开了一枪，但是没有射中目标，老鹰毫发无损。

"好人，我求你了。"可怜的老鹰叫道，"不要射杀我，只要你把我带回家，好好地照顾我，直到我的伤痊愈，我愿意为你做任何事情。"

乡下人同意了，把老鹰带回了自己的小屋精心照料，甚至宰杀了一只羊和一头猪，喂老鹰吃鲜肉。然而他并不是一个人住，有一大家子人。没多久家人就抱怨父亲把所有的好东西都给鸟吃了，不管自己的妻儿。乡下人忍了很久，最后只好对老鹰说："你走吧，想飞到哪里就飞到哪里，我不能再留你了！"

"让我试试我的力量。"老鹰乞求道，飞上天空，但很快就落在了地上。

"好人，再让我多住三天，三天后我不会再麻烦你了。"

乡下人同意了。过了三天，老鹰说："是时候和你做个了结了，

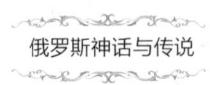

过来骑在我背上。"老鹰展开有力的翅膀,在地面和大海上空翱翔。

"看一看,然后告诉我,"老鹰说,"咱们的前后上下都是什么?"

"咱们的后面是黑色的大地,前面是蓝色的大海,上面是蔚蓝的天空,下面是波光闪闪的海水。"乡下人回答道。

老鹰晃了晃身子,乡下人从他的背上滑落,掉了下去。但老鹰在半空中接住了他,没有让他掉进海里。他们又飞了一段路程,老鹰发现下面有一片海时,便又晃了晃身子——可怜的乡下人,从高空跌入大海,这次他真的落水了,但是他很快被老鹰的大嘴叼起来,继续他们的旅行。不久,老鹰又问了老问题:"咱们的前后上下都是什么?"

"咱们的后面是黑色的大地,前面是蓝色的大海,上面是蔚蓝的天空,下面是波光闪闪的海水。"乡下人再次回答。

老鹰第三次把乡下人从背上甩下去,正好跌落在水里,海水刚刚没过他的头顶,可怜的乡下人差点淹死。老鹰很快把他拖了上来。

"好人,濒死的滋味怎么样?"老鹰问,"当初你要射杀我的时候,我就是这种感受。现在你和我之间的仇已经结清了,接下来我要报答你的恩情了。"

说完这些,老鹰又飞了起来。他们飞了多远,我们无从知晓,

但最后他们来到了一片陆地,那里竖着一根铜柱。

"读一下柱子上的字。"老鹰说。

"这根柱子后面有一个铜国,长宽各二十五俄里。"乡下人读道。

"去铜国,"老鹰告诉他,"我的姐姐住在里面,你求她给你一个配有铜钥匙的铜盒子;如果她给你其他的东西,不管金银珠宝还是别的,都不要拿。"

于是乡下人来到了铜国,见到公主后深深鞠了一躬,说:"您的兄弟向尊贵的公主致以最诚挚的问候。"

"你怎么认识我的兄弟?"她问道。

"我喂养照料了他整整三年。"乡下人回答。

"好心的乡下人,非常感谢您,您想要多少金银珠宝随便拿。"

可是乡下人什么都不要,只求给他配有铜钥匙的铜盒子。

"好人啊,这个不行,"公主说,"这对我来说太珍贵了。"

"您如果不肯的话,那我什么都不要。"乡下人说完鞠了一躬,回到了老鹰那里。

"没关系,"老鹰听完他的讲述说,"坐到我的背上来,我们继续飞。"

他们来到了老鹰二姐统治的银国。可是二姐也不肯给乡下人配

黄 金 城

有银钥匙的银盒子。于是乡下人又回到了老鹰身边，因为没有成功，很不舒坦。

他们继续飞行，来到了第三根柱子前。这次是一根金柱，上面写着："这根柱子后面有一个漂亮的金国，长宽各一百俄里。"

乡下人按照指示走了进去，很快来到了公主的金殿，这个公主是老鹰最亲爱的大姐。乡下人告诉她自己怎样喂养照料了她的兄弟整整三年，求她把那个有金钥匙的金盒子给他。公主迟疑了一会儿，随后把一个镶嵌着美丽装饰的金盒子给了他。

乡下人非常开心，拿着礼物回到了老鹰身边。

"好人，你现在可以回家了，但是到家之前你绝不能打开它。"老鹰说完就飞走了。

乡下人走了很久，他非常好奇这个宝盒里装了什么，最后实在没有忍住内心的渴望，打开了盒盖。盖子还没有完全掀开，忽然不知从什么地方冒出一座宏伟的黄金城，在他身边延展开来。看到金色的街道，和街道两旁纯金打造的房子，乡下人惊喜了很久，最后他决定把这一切都收回盒子，带回家去。

"可是要怎么收回去呢？"乡下人思考着，"魔术师都办不到吧。"

话音刚落，一个咧着嘴笑的精灵出现在他面前，咯咯笑着对他

黄金城

说:"我的主人——一个外国的皇帝——让我来告诉你,如果你答应我一个请求,我就帮你把黄金城收回去。你要送给我你家中的一样东西,这个东西你自己都不知道。"

"我不知道的东西送给你应该没什么难的。"乡下人这样一想就答应了。

乡下人把盒子夹在腋下,回到家里,他亲爱的妻子抱着新出生的婴儿跑来迎接他。这时,乡下人明白了精灵要的是什么东西,但是一切都晚了。他让黄金城围绕着小村庄延展开来,自己在里面快活地生活了十八年。最后外国皇帝派来使者要带走他的儿子。可怜的乡下人痛哭流涕,但是不得不信守诺言,于是他把祝福送给儿子,就让他走了。

小伙子名叫斯捷潘。他走啊走啊,来到了都奈河边,躺在岸边休息。突然,他看见十二个美丽的少女,她们纷纷脱掉衣服变成十二只美丽的白天鹅,跳到河里嬉戏玩闹。

小伙子小心翼翼地爬到她们放衣服的地方,拿走了其中一个少女的衣服。

天鹅们洗完澡飞到岸边,穿上衣服,又变成了美丽的少女。所有人都穿好了,只有一只天鹅找不到她的衣服,开始哭泣。如果没有

黄 金 城

衣服，她就没办法变回人形了。十一个姐妹都走了，只留下一只哭泣的天鹅。斯捷潘看见她如此伤心，也为这个年轻美丽的姑娘难过，于是他从藏身之处出来，把衣服还给了她。

天鹅把衣服套进脖子，把翅膀伸进袖子，她的身体立刻开始生长变形，渐渐变成了一个美丽的少女。

"我不会忘记你的恩情！"少女说完就跑走了。

不久，斯捷潘来到了外国皇帝面前，他深深地鞠了一躬，然后说明身份，告知陛下自己是应要求来的。

"小伙子，你听着，"外国皇帝对他说，"你必须从十二个姐妹中挑出我最小的女儿。如果你选对了，那我将让你去周游世界；如果选错了，那你就等着倒霉吧！"

斯捷潘刚刚离开皇宫，最小的公主跑出来奔向他，说："好人，你还了我的衣服，现在我要报答你，明天我父亲会把他的十二个女儿都召集在一起，让你挑出最年轻的那个。我们长得非常像，就像两滴水一样，不过你只要看我的脸就好了。我的左耳朵上会有一只苍蝇在爬，你就可以认出我了，我就是那个最小的女儿。"

第二天，斯捷潘走进皇宫，十二个美丽的姐妹便一起走了出来。

"现在猜吧，哪个是我最小的女儿？"皇帝笑着问。她们简直一模一样。

年轻人看到一个少女的耳朵上有一只苍蝇在爬,马上指着她说:"仁慈的陛下,她就是您最小的女儿!"

皇帝快气疯了,眼见着斯捷潘赢得了赌注,又惊奇又失望,他大叫:"你这个猴崽子一定使诈了,我才不会被你骗,不会让你这么轻易就得逞。你必须要一夜之间给我造出一座宏伟的宫殿,周围有很多湖,湖边有很多美丽的树,树的每一片叶子都必须不停地滴水。如果你能办到,我就把最小的女儿嫁给你,否则我就生吞了你!"

可怜的斯捷潘知道自己没有能力完成这个任务,垂头丧气地回家了。忽然,年轻的公主追上来,气喘吁吁地说:"别发愁,做完祷告就上床睡觉吧,明天一切都会准备好的。"

小伙子第二天一早醒来,发现一座崭新的宫殿已经伫立在眼前,等待皇帝的光临。外国皇帝不能食言,只好让女儿嫁给了斯捷潘,但是他没有放弃要生吞了这个年轻人的念头,现在他打算把两个人一起干掉。最小的女儿在皇帝自言自语时,偷听到他是如何打算抓住他们的,便跑去告诉了她的丈夫。然后她把丈夫变成了一只鸽子,自己也变成一只小鸽子一起飞走了。

皇帝很快听说这对新婚夫妻逃走的消息,便派人追他们。这些

人骑着马不停地追,但除了见到两只鸽子飞过去,什么都没看见,只好返回了皇宫。

"仁慈的陛下,我们没找到新郎新娘,"他们说,"只看见两只鸽子飞过。"

皇帝对这些人大为恼火,他猜测那两只鸽子一定就是逃跑的夫妻,于是又派了另外一批军官去搜寻他们。

这时,斯捷潘和公主正在朝黄金城飞去。突然他们听到后面有声音,知道是有人追来了。公主立刻变为一座古老的小教堂,把丈夫变成了一个老教士。军官们来到教堂前,都跳下马走了进来。里面有一个老头正朝着圣像走去,每一幅圣像前都点着一支蜡烛。军官问这位面色平静的教士,是否看见一对逃亡的夫妻,他只是摇了摇头。

军官们没办法,只能再一次空手而归。他们刚走,教堂就变回可爱的公主,老教士也变回了小伙子。他们一起开心地回到黄金城,从此以后,在那里与斯捷潘的父母一起和睦地过日子。

金银铜三国

从前,在某个国家住着一位名叫贝尔贝佳宁的沙皇,他有一位非常漂亮的妻子叫金发娜斯塔斯嘉,还有三个儿子:彼得王子、瓦西里王子和伊凡王子。一天,皇后和她的侍女在花园里散步,忽然刮起一阵猛烈的龙卷风,将皇后卷到了不知什么地方。沙皇伤心了很长时间,不知如何才能找到她。儿子们都长大成人后,沙皇对他们说:"我的孩子们,你们谁去完成一个艰难的任务,那就是去找你们的母亲?"

两个哥哥立即打点行装,出发寻母。没多久,小儿子也开始乞求他的父亲,他也要去找母亲。

"不,"沙皇说,"小儿子,不要离开我,不要在我年迈的时候留

下我一个人。"

可是小儿子坚持要出去走走:"让我去吧,父亲,我非常想见识一下外面的世界,并且找到我的母亲。"

虽然沙皇想尽一切办法阻止他,但是小儿子坚持不懈地恳求,最后沙皇终于同意了。

"很好,我知道现在没什么好说的了,上帝会保佑你的!"沙皇最终说。

伊凡王子给骏马套上马鞍就出发了。他一路紧赶慢赶——故事里很快就讲完了,但实际上没有那么快——来到了一片森林。

森林里矗立着一座极其宏伟的宫殿。伊凡王子骑着马进了宽阔的院子,看见一个老头,便说:"老人家,祝您长命百岁!"

"欢迎你小伙子,请问你是谁?"

"我是伊凡王子,是沙皇贝尔贝佳宁和金发娜斯塔斯嘉皇后的儿子。"

"哦,这么说你是我的外甥!你怎么到这里来了?"

伊凡回答:"为了找到母亲,我去了很多国家。舅舅,也许你能告诉我,什么地方能找到她?"

"外甥啊,我真的不知道,但是我会尽全力帮你:给你一个小

球,把它扔向前方,它在前面滚,你在后面跟着,你就会被带到一个悬崖峭壁上。这些峭壁之中有一个洞,走进去,你会发现一些铁爪,把这些东西套在手和脚上,攀爬峭壁。幸运会来临,你会找到你的母亲金发娜斯塔斯嘉的。"

伊凡王子谢过老头便和他告别离开了。他把小球朝前一扔,小球在前面滚,小伙子在后面追。忽然他看见两个哥哥,彼得王子和瓦西里王子正在一片辽阔的平原上,周围围着一支庞大的军队。

"嗨,伊凡王子,你去哪儿啊?"他们问道。

"我在家待不下去了,下定决心要去找我们的母亲,"他回答道,"把你们的军队解散,我们一起去找她吧。"

两个哥哥听取了他的建议,三人一起追着滚动的小球。不久,他们看到远处有一片山脉高耸入云。小球还在一直滚,最后滚进了一个山洞。伊凡跳下马,说:"哥哥们,牵好我的马。我一个人去爬山,你们待着这里等我。只要等整整三个月,如果我还没有回来,那就不用再等了。"

两个哥哥想:"谁能爬这样陡峭的山啊?他不久就会摔下来,摔断脊背的,还是待在这里安全。"于是他们大喊:"好的,你去吧,我们在这里等你。"

金银铜三国

伊凡王子来到山洞前，看见一扇铁门，用尽全力将铁门踢开，走了进去。他刚一进门，那些铁爪立刻套在了他的手和脚上。于是，他开始爬山，爬啊爬，爬了整整一个月，最后来到了山顶。歇了一会儿，他沿着山顶继续前行，直到看见了一座铜宫殿。宫殿门口盘绕着可怕的蛇，看到他来了，发出嘶嘶的声音。蛇旁边有一口井，一个铜杯子放在井边的铜链上。伊凡王子用杯子装满了水，给蛇解渴。喝了水的蛇温顺地躺下了，让他进了宫殿。这时铜国女皇跑了出来，对他说：

"你是谁，好人？"

"我是伊凡王子。"他回答道。

"你是自己要来的还是被迫来的，伊凡王子？"女皇问道。

"我自己要来的，龙卷风把我的母亲金发娜斯塔斯嘉从花园里卷走了，我要去找她。你能告诉我去哪里找吗？"

"不，我不能，不过我二姐银国女皇住在离这儿不远的银国，她说不定会告诉你一些信息。"说完这些，女皇给了伊凡一个铜球和一个铜环。

"铜球会带你到我二姐那里，而这个铜环的拥有者在铜国有极大的权力。当你征服了龙卷风，不要忘了我这个可怜的铜国女皇。因为

我还在它的控制之下，把我救出它的手掌心，带我一起到下面光明的世界吧。"

"我答应你。"伊凡王子说，然后把铜球朝前一抛，自己跟在铜球后面。不久，他来到了银国。这里的宫殿比之前的铜国宫殿更加壮丽，全部都用银子打造。银门的银链上有可怕的蛇，蛇的旁边是一口井和一个银杯子。王子用银杯子装水给蛇喝，蛇马上变得很温顺，放他进了宫殿。银国女皇在门口遇见了他，问道："我已经被邪恶的龙卷风囚禁三年了。这三年我没见到一个来自故乡的人，也没有听过俄语，我真心欢迎你的到来。你是谁，到这里来干什么？"伊凡王子告诉她自己的任务，女皇给了他一个环和一个能带他到金国的球。

在金殿，美丽的海琳娜接见了他，听完他的烦恼后说："我知道你的母亲住在哪儿！就在离这里不远的地方，龙卷风每个星期都去看她。给你一个金球，它会带你到要去的地方，再给你一个金环，它在金国拥有至高无上的权力。当你征服了龙卷风，不要忘了来救我出去。"

小金球滚啊滚，一直滚到一座宏伟的宫殿前才停下，宫殿上面镶满了钻石和宝石。宫殿门口由六头蛇把守，不过它们喝了伊凡给的水以后，就放他进去了。王子穿过许多华丽的厅堂，来到最后一个大厅，看到母亲身穿美丽的衣服，头戴贵重的皇冠，坐在高高的宝座上。

"噢，这是我亲爱的儿子吗？"她大叫道，"你怎么到这里来了？"听了王子的冒险经历，她说："小儿子啊，征服强大的龙卷风非常困难，不过我们必须试试。行动要快，因为我们的敌人是邪恶又强大的龙卷风，他是一切风暴的主宰者。现在快和我一起进洞去吧。"

在山洞里，伊凡看见两桶水：一桶在他的左边，一桶在他的右边。

"从右边的桶里喝点水，我的孩子。"金发娜斯塔斯嘉劝道。伊凡按照吩咐喝水后，她又问道："你能感受到多少力量？"

"我感觉有无穷的力量，只要我想，甚至能把世界掀翻。"他回答道。

"太好了！"母亲说，"现在把左右两个水桶互换位置。你要明白，一个桶里的水能够增强力量，而另一个桶里的水则会减弱力量，无论谁喝都一样。龙卷风习惯喝右边的增力水，所以我们必须将两桶水对调来欺骗他，否则我们是无法战胜他的。"

随后，他们回到了宫殿，伊凡躲在金色窗帘的后面。突然，天变得漆黑，周围的一切开始颤抖。龙卷风来了，他倒在地上，瞬间变

成了一个英俊的小伙子。

"噢、噢、噢，"他叫道，"我闻到了俄国人的气味。"

"一定是你的幻觉。"皇后说。

这时，伊凡王子扑向龙卷风，龙卷风想甩开他，但是却做不到。于是龙卷风跳出窗外，飞到空中，伊凡还是抓着他不放。他们满世界地转圈，直到龙卷风感觉累了，才飞进山洞。龙卷风将右边的水一饮而尽，而伊凡却在喝左边的增力水。很快，伊凡就变成了一个力大无比的武士。当他看到龙卷风已经力竭的时候，便抽出他锋利的宝剑，一剑砍下了这个怪物的头颅。他听见身后有几个声音在尖叫："多砍几剑，多砍几剑！否则他会复活的。"

"不，"王子回答，"武士从不出手两次，总是一击成功！"

说完，他生起火，把那具尸体烧成了灰。大风把灰吹走了。

做完这些事情，王子开心地带上母亲和三位他承诺解救的女皇，来到了一个巨大的山洞，他们要穿过这个山洞回到山下的世界。他让母亲先下去，接着是美丽的海琳娜和她的两个妹妹。两个哥哥在洞底接应他们，忽然想到一个邪恶的主意：把弟弟一个人留在山上，然后告诉父皇，是他们救了母亲和三位女皇。想到这里，他们就割

断了绳子,骑马走了。伊凡王子被孤零零地留在了一片荒山上,他痛苦地大叫,在空无一人的金属国里游荡。最后,他来到了钻石国,但是这里也不见人影。为了打发时间,孤苦伶仃的伊凡王子捡起留在窗边的一根笛子,吹了起来。刚刚吹了一声,两个小人便出现在他的面前,一个驼背、一个跛脚。

"王子,您想要什么啊?"他们问道。

王子大吃一惊,说:"我想要吃的。"

伊凡还没有反应过来,面前立刻出现了一张摆满了美味佳肴的桌子,各种珍奇的水果和好吃的东西应有尽有。饱餐一顿后,伊凡有些累了,便用笛子召唤来那两个奇怪的仆人,要求他俩为他准备一张床。这件事很快也办好了。伊凡睡了一会儿,再次吹起笛子召唤驼背和跛脚的仆人。一瞬间,两个人出现在他的面前,问道:"您想要什么?"

"我能要一些东西吗?"王子问。

"伊凡王子,想要什么都可以,只要是吹笛子的人,都会享受我们的服务。我们很乐意为您服务,就像我们曾经为龙卷风服务一样。"

"那好,"伊凡王子说,"我想回到我的国家。"

话音刚落,他发现自己已经回了国,站在一个市场的中央。一个鞋匠朝他走过来,边走边哼歌。

"你到哪里去啊?"伊凡问道。

"我去卖我做的鞋,我是一个鞋匠。"

"让我和你一起干活儿吧,"王子恳求道,"我什么都会干,如果你需要,我不但会做鞋,还会做衣服。"

于是鞋匠把他带回家,给了他皮革和工具,让他做一双鞋,第二天就要,以此作为一个测试。只剩伊凡一个人的时候,他便吹起了笛子,召唤来忠实的仆人,命令他们做一双最好的鞋子,第二天就要。第二天早上,伊凡醒来发现桌上摆着一双已经完工的鞋子,非常漂亮。这时鞋匠正好过来找他,问:"喂,年轻的鞋匠,鞋子做好了吗?"

"做好了,在这儿!"王子回答。

鞋匠看着鞋子,不由得惊叹:"这么好的鞋子,我还从来没见过呢!"吃过饭,鞋匠拿着鞋子到市场上去卖。这个时候,沙皇正好要举办三场婚礼:彼得王子迎娶美丽的海琳娜,瓦西里王子迎娶银国女皇,铜国女皇将嫁给一位将军。他们都在为了婚礼准备新衣。因为美丽的海琳娜需要一双新鞋,找遍了全国,最后选中了鞋匠的那一双。

但是美丽的海琳娜看到那双鞋，心想："这种鞋在山上才能做出来，我必须试试那个鞋匠，查查到底怎么回事！"

于是她给了鞋匠一大笔钱和一些珍贵的宝石、钻石，说："需要的材料都给你了，给我做一双缀满宝石和钻石的鞋子，一定要非常精致，让所有人都为之惊叹。明天就要做好给我，否则你将被绞死！"

鞋匠十分沮丧地往家走。

"我怎么可能做出那种神奇的鞋子呢？还明天就要！看来我的脑袋要搬家了！"到家后，他把这个麻烦告诉了伊凡，然后开始祈祷，为自己准备后事。可是，夜里伊凡吹响了笛子，驼背和跛脚的仆人立马又出现了。

"主人，您想要什么啊？"他们问。

"我想要一双鞋，明天就做好。"

"遵命，伊凡王子。"

毫无疑问，第二天早晨，一双华丽无比的鞋子摆在桌上。鞋匠原以为自己必死无疑了，当看到这个奇迹的时候，简直不敢相信自己的眼睛。美丽的海琳娜收到这双鞋，马上猜出这是伊凡在魔法精灵的帮助下完成的。于是她又下令：她要一条缀满黄金，并装饰钻石和宝石的白色丝绸裙子。伊凡给她做了一条裙子，和她在金国曾经穿过的

裙子一模一样。

当鞋匠拿着美妙而华丽的裙子来到皇宫，美丽的海琳娜公主给了他很多黄金，对他说："明天黎明时分，在离岸边七俄里的海上要出现一个金国，金国有一座通往这个皇宫的金桥，桥上必须铺上最珍贵的猩红法兰绒地毯，两边的栏杆旁一定要种上长满金色果实的美丽树木，树上要有许多金翅鸟儿唱着动听的歌曲。明天如果办不到的话，你的脑袋就要搬家了！"

这次鞋匠彻底绝望了。他想，没人能办到这种神奇的事情，只能准备掉脑袋了。可是伊凡召唤来了仆人，向他们下令。第二天早上，那个美丽的国家已经在阳光下闪闪发光了。

鞋匠又惊又喜，快要发疯了。他跑到那个国家，在那里见到无价的财富和珍宝。伊凡给他一把用来打扫金桥的扫帚和一封信，如果沙皇派人来打探消息就可以应付了。

没多久，一个使者骑马飞驰而来，打探这里到底发生了什么奇怪的事情。鞋匠自己都不知道怎么回事，只是按照伊凡的命令把信交给了使者。伊凡王子在信中写了他是如何解救三位女皇和母亲，而他的哥哥们如何欺骗了他。除了这封信，他还派了一辆由白马拉着的金马车，套着金色的马具。伊凡邀请所有的皇室家族到他这里做客。沙

金银铜三国

皇立刻赶来，欣喜万分地见到了爱子，他之前以为再也见不到他了。沙皇要惩罚两个哥哥残忍和欺诈的行为，但是伊凡王子请求父亲宽恕了他们，大家聚在一起狂欢庆祝了一番。

最后，伊凡王子迎娶了美丽的海琳娜，彼得王子迎娶了银国女皇，瓦西里王子成了铜国女皇的新郎。至于那个鞋匠，则被提拔成了将军。